Invadidos
Estados
Cautivos

Por
RWK Clark

Publicado en los Estados Unidos por Clarkltd.
Po Box 45313 Rio Rancho, NM 87174
info@clarkltd.com

Primera Edición

Oficina de derechos de autor de Estados Unidos
TX8-278-943 mayo de 2016
Número de control de la Biblioteca del Congreso
LCCN: 2017907098
Números de libros internacionales estándar
ISBN-10: 1948312069
ISBN-13: 978-1948312066
ASIN: B078R82D93

/181223

DEDICATORIAS

Dedico esta novela a mis maravillosos lectores y a todas las personas increíbles que he conocido y a las que no conozco. A mi familia y seres queridos, agradezco todo su apoyo.

Gracias

PRÓLOGO

Huck Brown miró hacia el cielo mientras bombeaba gasolina al Sedán que estaba en la bomba frente a él. Muchas estaciones de servicio no estaban surtiendo gas apropiadamente, y Huck estaba orgulloso de trabajar para una que todavía se tomaba en serio el servicio al cliente. No hay muchos que se atrevan a dedicarse a cosas como manejar bombas de gasolina. ¿Quién quiere ir a trabajar oliendo a gasolina?

El cielo era de un hermoso tono azul, con tintes de violeta, cuando se acercaba a la tierra. ¡Perfecto! Este iba a ser un día sin igual, un día para recordar. Se remontaba a recuerdos de aquellas madrugadas en que él y su hermano Cayden irían a la escuela justo cuando el sol estaba iluminando el cielo. En todos sus veintinueve años, este era probablemente uno de sus recuerdos favoritos, y el más recordado. Las mariposas, el rocío sobre la hierba y la expectativa de ver a Violet Hanson eran abrumador para su mente.

La bomba se apagó en sus manos y se volteó, sumido en sus pensamientos, para volver a colocarla en la unidad de bombeo. Volteó la cerradura y miró al cielo otra vez. Parecía que se estaba volviendo un poco más oscuro hacia el norte. No recordaba ningún pronóstico de lluvia en las noticias o la radio. Debían ser solo unas pocas nubes dispersas.

Caminó hacia el frente del sedán y tocó la ventanilla del lado del conductor. "¿Querías que revisara el aceite hoy?". La mujer adentro sonrió amablemente y negó con la cabeza. Estaba vestida con un jersey púrpura con una camisa blanca de seda debajo, y usaba anteojos que parecían valer una fortuna.

Lo que sea que se adapte a tu engreído trasero entonces, pensó Huck. Nunca le había agradado aquellos que actuaban como si fueras su sirviente. Él le devolvió la sonrisa llena de amor sincero y procedió a sacar la hoja de la arandela del parabrisas del cubo junto a las bombas para poder lavar el parabrisas. Un fuerte y breve bocinazo lo llevó a la realidad, y miró a la mujer dentro del auto. Ella estaba sacudiendo su cabeza mientras simultáneamente hacía señas con impaciencia.

"Bueno, váyase al diablo, señora", dijo, asintiendo mientras volcaba su sucio sombrero negro de NASCAR en dirección a ella. "Tengo cigarrillos con mi nombre esperando ser fumados, ¿sabe?".

Huck observó con un poco de disgusto que el automóvil salía apresuradamente del estacionamiento; gracias a Dios por el prepago. Estas personas piensan que el mundo entero gira alrededor de ellos; que se joda el resto de nosotros. Miró hacia el cielo otra vez. El gris estaba adquiriendo un tono mucho más parecido al negro, y era nítido en contraste con el cielo azul que lo rodeaba. Incluso parecía moverse rápidamente en su dirección. En voz alta, se dijo a sí mismo: "¿Qué clase de tormenta es esta?".

Dio media vuelta para caminar de regreso a la estación, tarareando inconscientemente la melodía Bee Gees que sonaba en los altavoces colocados en el saliente que albergaba las bombas. "¡Deberías estar bailando, sí!". Sus pies se salieron un poco de control mientras imitaba un par de pasos de John Travolta. Hubiera sido bueno si realmente lo hubiera intentado.

Primero caminó hacia el baño que estaba ubicado al costado del edificio. Buscó las llaves en su bolsillo y abrió la puerta. Al entrar, encendió la luz y entró en el área, oliendo y mirando a su alrededor al mismo tiempo. Estaba todo vacío.

Se detuvo en el espejo y echó un vistazo, quitándose el sombrero de NASCAR y pasándose los dedos por la grasienta mata de pelo marrón claro y despeinado. "Ya sabes, Huck, si tu madre te hubiese llamado de otra manera, ¡habrías tenido una gran oportunidad de ser el centro de atención!". Sus ojos azul claro brillaron mientras sonreía ampliamente, revelando el hueco de cuatro dientes ausentes a lo largo de su fila inferior. Su sonrisa se enderezó de inmediato. "Al menos, si también hubieras visto a un dentista". Él sonrió de nuevo, esta vez riéndose de su propio chiste.

Huck caminó hacia el urinario convenientemente ubicado en el cuarto de baño solo para sementales como él, e hizo su negocio en muy poco tiempo. Realmente no se molestaba en lavarse las manos, pero por el bien de la conciencia, las enjuagó bastante bien.

Mamá habría estado orgullosa. No muchos de sus amigos de Harrisville, Illinois habrían tenido la cortesía de hacer lo mismo y luego tocar una bomba de gas. Esto era porque Huck tenía clase real.

Se secó las manos con la última toalla de papel marrón en el dispensador, haciendo una nota mental para enviársela a Dickie, el encargado de la bomba, para que trajera un nuevo montón de toallas tan pronto como volviera a entrar. Arrojó los residuos de papel arrugado al cubo de basura y pensó: "Hacer que saque la basura de aquí también". Con eso, giró el pomo de la puerta del baño y volvió al día de abril.

Pero el sol ya no brillaba, ya no era azul, parecía una habitación sin bombillas o velas. Estaba muy oscuro.

Huck echó el cuello hacia atrás casi de inmediato para observar lo que él pensó que era una tormenta. En cambio, observó un objeto grisáceo que casi llenaba toda el área superior. Aquí y allá, el centelleo de algo parecido a estrellas se dispersaba sobre la superficie del gris.

"¿Qué diablos?...".

Huck inspiró profundamente mientras sus ojos comenzaban a distinguir lo que realmente estaba viendo. Todo el cielo sobre Harrisville, Illinois estaba ocupado por esta nave sin identificación alguna, parecía ser una... nave espacial de enormes proporciones.

June Ellison se paró de su escritorio en la oficina central de seguros TransCoverage en Mesa, Arizona. Se estiró tranquilmanete. Puede que sean solo las 2:00pm aquí, pero ella Se sentía como si hubiera trabajado durante los últimos tres días seguidos. Ciertamente no ayudaba que tuviera par de gemelas en casa y desde hacía menos de un año. ¡Vivía agotada todo el tiempo!

Se alejó de su escritorio y se dirigió a la sala de descanso. Odiaba su trabajo, presentaba datos sobre investigaciones de reclamos. Era siempre lo mismo, día tras día, mes tras mes y año tras año. Nada cambiaba: eran reclamos legítimos o simplemente trataban de desmantelar TransCoverage de masa. Francamente, deseaba que pudieran salirse con la suya. Algunas de las primas que estas personas pagaron por sus pólizas eran suficientes para incitar al robo, y TransCoverage rara vez parecía ser el que estaba ganando la recompensa. Al menos, a ella se lo parecía.

Ella revolvió la crema líquida en su café caliente, pensando que si la cafeína y el azúcar no podían activarla, nada podría hacerlo. Por si acaso, dejó caer otra cucharada de crema y continuó revolviendo vigorosamente. Todavía le quedaban tres horas más antes de que se le desbloquearan los grilletes. Su libertad era, sin embargo, inminente.

June tomó su taza empinada y se dirigió al área de descanso para empleados al aire libre. No fumaba, pero desde las ventanas, el día parecía deslumbrante: cálido y soleado, incluso mejor de lo que habría esperado para un nuevo día de primavera en abril. Ella simplemente tenía que probarlo. Había escuchado la radio camino al trabajo y la previsión del tiempo era inflexible: ¡podría llegar a sesenta grados! Estaba obligada y decidida a disfrutar así fuera un poco del clima. Al salir, al principio no se dio cuenta de que sus compañeros de trabajo se habían reunido en la barandilla, que servía para evitar que la gente cayera a seis pulgadas hacia el concreto de abajo. Sonrió ante la multitud que formaban, luego se dio cuenta de que había, de hecho, una multitud allí, y sin razón aparente.

Al mirar a la multitud por un momento, June se dio cuenta de que todos miraban al cielo, y en el mismo momento se dio cuenta de cuán terriblemente oscuro era para esta hora del día. ¿Sería una tormenta? La calidad de su visión no la ayudaba mucho, por lo que siguió luchando para encontrar sentido al extraño comportamiento climático que estaba viendo. "¿Qué está pasando?". Preguntó mientras se dirigía al grupo de personas a las que se refería ligeramente como amigos.

Cuando sus ojos se levantaron para ver lo que estaban tan atentamente mirando, ella contuvo el aliento. "¿Qué diablos es...?". El café se le cayó de la mano sin siquiera darse cuenta. No tenía sentido nada de lo que estaba viendo.

Una media luna gris oscura, o casi negra, llenaba todo el horizonte, con la excepción de una pequeña franja de azul que se encontraba al norte. Por el aspecto de las cosas, se estaba cerrando rápidamente. El gris estaba cubierto de luces parpadeantes. "Miren las estrellas...", fue todo lo que logró decir antes de que todo el grupo comenzara a caer en el caos.

Antes de que comenzaran los gritos de desorganización, pudo ver bien el cielo, o al menos, lo que parecía ser el cielo a primera vista. No era cielo en absoluto; si lo era, estaba hecho de metal. Daba la impresión de un cielo en el que no pararía de llover por un buen tiempo, con un color así. Ella aspiró profundamente otra vez justo cuando la franja de azul desapareció de su visión para siempre.

Todo lo que June Ellison pudo hacer fue gritar fuerte, y durante todo el tiempo que pudo.

Jake Hartwell se dirigía a la escuela secundaria de su hijo para tener una conferencia de emergencia con el director. El pequeño imbécil había vuelto a hacerlo, pero esta vez parecía haber ido más allá del vandalismo y el acoso. Parecía que el niño había robado su .22 del cajón de la mesa y procedió a causar estragos en toda la institución, y este no era el primer incidente perturbador; pero sí el más serio. A principios del año pasado, prendió fuego a cuatro rollos de papel higiénico en el salón de los niños en el segundo piso, y solo dos meses atrás, él y un amigo habían aplastado los cuatro neumáticos y vertido azúcar en el tanque de gasolina del Volkswagen escarabajo clásico del profesor de ciencias. Había sido suspendido por un mes por la última ofensa y había estado trabajando de nuevo en las filas en las últimas semanas. Ahora esto. Parecía que Jacob junior iba a graduarse de la escuela secundaria desde el interior de alguna valla.

Jake y su esposa ya no sabían qué hacer con el chico. Tenía la educación más cómoda e indulgente. Televisión, satélite, cada sistema de juego conocido por la humanidad, un teléfono celular propio y un suministro interminable de dinero (no querían que se los robara, así que cedieron a todos sus caprichos). Este no podría ser el problema, ¿verdad? Jake lo dudaba mucho. Después de todo, él era un famoso médico de Baltimore. Ningún hijo suyo podría ser tan problemático, ¿o sí? Por que supuesto no.

Giró a la izquierda en un semáforo y se dirigió a la interestatal hacia la escuela del chico, su mente girando y girando todo el tiempo. No tenía idea de en qué se habían equivocado él e Irene con la crianza del chico, todo lo que hacían para tratar de rectificar la situación, solo parecía empeorar las cosas. Estaba amargado y resentido. Su hijo estaba completamente enojado.

El tráfico frente a él se detuvo lentamente. Estaba prestando la suficiente atención para detener el automóvil, aún en su estado de profunda reflexión, masticando la uña de su dedo índice izquierdo, continuó reflexionando sobre una nueva y más apropiada forma de disciplina para el joven. Sabía que con las cosas como estaban hoy, el chico sería suspendido, posiblemente incluso expulsado. ¡Qué vergüenza! Irene estaba fuera de la ciudad visitando a su hermana. Simplemente no podía soportar la idea de lidiar con su llanto y mendicidad mientras trataba de lidiar con Jake y sus problemas. Tal vez debería decomisarle sus aparatos electrónicos. Algo estaba influenciando negativamente al chico, y no parecía tener amigos a los que pudieran culpar. Valdría la pena intentarlo.

Se liberó de su ensoñación y apagó el motor. La línea de tráfico de la autopista continuaba extendiéndose; no llegaría a ningún lado pronto. Fue entonces cuando se dio cuenta de cuán oscuro estaba. No había lluvia; ¿qué esta pasando? Miró de lado a lado a los autos alineados, y fue entonces cuando se dio cuenta de que todos miraban con los ojos muy abiertos al cielo.

Jake giró el encendido a 'accesorio' y abrió el techo corredizo de su LS hasta que se abrió. Miró hacia esa dirección. No había nubes, ni sol, ni cielo. Estaba oscuro como la noche, con la excepción de las estrellas que centelleaban como diamantes dispersos sobre una manta.

"¿Qué diablos?". Abrió la puerta del lado del conductor y se bajó del automóvil, con los ojos fijos hacia arriba todo el tiempo. Fue entonces cuando se dio cuenta de que hacia el norte aún se veía una franja de cielo, con forma de luna. En cuestión de segundos se había ido. Todo el horizonte de Baltimore estaba lleno de... ¿qué?

Una a una, otras personas comenzaron a salir de sus vehículos, con el cuello torcido hacia arriba y la boca abierta de asombro. Los niños pequeños se pegaron a las ventanas para ver qué había exigido la atención de sus padres. Algunos estaban en teléfonos celulares, otros todavía estaban en sus autos, cerrando frenéticamente las puertas con una expresión de puro pánico en sus rostros.

Las sirenas de todo Baltimore comenzaron a sonar en estéreo.

R.W.K. Clark

CAPÍTULO 1

Joshua Nichols estaba sentado en el escritorio de su oficina mirando fijamente la pantalla de su computadora. Sostenía un bolígrafo en su mano derecha y lo golpeaba rítmicamente contra su muslo al ritmo de una canción pop que salía de su base de mp3. Él prácticamente no miraba nada. Al menos, nada de lo que estaba viendo era procesado por su mente. Demasiado para su estallido de energía de medio día. ¡Buen momento para reducir el consumo de café!

Josh había trabajado para el gobierno de los Estados Unidos durante tres años como ingeniero de software, escribiendo código y limpiando sus sistemas. La mayoría de sus compañeros de trabajo lo celaban un poco; solo tenía 23 años, era muy joven para ese puesto. Había sido considerado un prodigio, graduándose en la universidad a los 20 años con honores. El gobierno le tenía el ojo puesto, lo reclutaron, lo acicalaron y limpiaron la humedad de detrás de sus orejas mientras lo tomaban de la mano. Aprendió a caminar solo, así como a mantener su distancia de los vejestorios. Independientemente de la maldad, se había hecho un nombre aquí, y aunque no tenían por qué adularle, le mostraron respeto.

Escuchó el caos detrás de él y se alejó de su computadora. La gente corría a toda prisa y algunas mujeres tenían una expresión confusa y de pánico en sus caras. Él tenía su puerta cerrada; pudo distinguir las palabras no muy claras, pero la escena lo decía todo: algo estaba definitivamente fuera de lo común. ¿ISIS? ¿Otros ataques terroristas? Debería haber ido a la escuela de medicina como su querida madre deseaba.

Josh se levantó de su asiento frente a su escritorio y, al abrir la puerta de su oficina, entró en el bullicio que se hacía cada vez más fuerte. Algunos iban caminando a gran velocidad desde el punto 'A' al punto 'B'; otros cuchicheaban con quienquiera que estuviera al lado de ellos. Todos tenían miradas de pánico en sus caras.

Tocó el brazo de Jill Wilson, una mujer de treinta y tantos años que trabajaba en el escritorio principal de su piso para atender a los visitantes. "Jill, ¿qué diablos está pasando aquí?". Ella lo miró como si él hubiera perdido la cabeza.

"¿Qué quieres decir? ¡Mira por la ventana, Josh! Tengo que llevar estos mensajes a Jim Holbrook para que puedan ser enviados al gobernador. ¡Estamos siendo invadidos!". Así como ella se fue a toda velocidad hacia el ascensor al final del pasillo. Josh negó con la cabeza como si tratara de despejarse, y luego caminó hasta el final del pasillo para mirar por la ventana.

Su primer pensamiento al acercarse a la ventana fue, ¿cuándo tiñeron estas ventanas? Estaba mucho más oscuro de lo que él lo recordaba, pero raramente le daba vueltas a la ventana una vez que había llegado allí. Se acercó y miró hacia afuera.

La gente corría por la calle como si hubieran perdido la cabeza. El cielo estaba completamente oscuro y lleno de estrellas. No había sol y no había nubes; el cielo era como una pizarra. La conmoción en la calle, por lo que Josh podía deducir al mirar, estaba fuera de control, y no podía entender lo que estaba pasando.

"¡Es una nave espacial! ¡Josh, es una nave espacial!". La voz detrás de él era la de Tom Drew, un supervisor de nivel medio en su piso.

"¿Qué quieres decir con que es una nave espacial?". Obviamente, este tipo estaba desconectado de lo sucedido al estar en su oficina con puertas cerradas. "El cielo está nublado, parece una gran tormenta...".

Los ojos de Drew estaban completamente aterrados. "¿No escuchas las noticias? ¿No tienes una radio en tu escritorio? Su voz había ido de una tintada de desesperación a un agudo silbido nasal, y sus palabras salían de su boca a un ritmo creciente. "Esta no es el única. ¡Esto no es una tormenta!". Giró sobre sus talones y se dirigió a la escalera de incendios; ni siquiera iba a considerar el ascensor.

Josh negó con la cabeza, más para aclarar las telarañas de confusión que para expresar disgusto ante el comportamiento adolescente de Tom Drew. ¿Qué diablos estaba pasando? Como si estuviera en trance, regresó a su oficina para encender la radio de su computadora y ver qué podía saber. Ni siquiera llegó a su oficina antes de ver a un pequeño grupo de compañeros de trabajo en la oficina más pequeña de al lado, se reunieron alrededor del escritorio y escucharon la radio.

"...Reclaman las autoridades estatales y federales. Una vez más, parece que se ha encendido una nave voladora masiva, no solo en el área de Washington D.C. Sino que se han recibido informes que indican que naves similares se ciernen sobre Baltimore, Chicago, Dallas-Fort Worth, Seattle, Phoenix y Sacramento. Según fuentes de noticias distantes, París, Luxemburgo y Londres también están bajo la sombra de 'naves' desconocidas. Estén atentos a las actualizaciones de nuestra fuente de noticias". El hilo pasó luego a un sonido de alerta repetitivo, seguido de un anuncio de una dirección presidencial en dos minutos. Josh se deslizó por la pared de la oficina al lado de la puerta y se puso lo más cómodo posible. Quería más detalles.

Se había vuelto ajeno a los desvaríos y gritos, así como a todos los que corrían por allí justo al lado de la puerta, al igual que los demás que estaban escuchando el noticiero. A pesar de que un comercial estaba emitiendo desde la pequeña radio tipo transistor de aspecto antiguo, todos siguieron mirándolo, esperando la siguiente transmisión con miedo e incredulidad en sus ojos.

Parecía que hubiera pasado una vida hasta que apareciera el locutor e introdujo un estado de emergencia del discurso del sindicato por parte del presidente Andrew Mason. Comenzó a hablar claramente y con calma, frente a la actual situación de la supuesta 'nave espacial'.

"A partir de esta tarde, hemos llegado a experimentar a lo que muchos se refieren como una 'invasión alienígena'. Ahora, aunque parece que estamos siendo visitados, no ha habido intentos de comunicación por parte de nuestros huéspedes, y no tenemos problemas con los esfuerzos de transmisión aquí en los Estados Unidos. Lo importante es no entrar en pánico. Les recomendamos que permanezcan en sus hogares si es posible. Si están en el trabajo, quédense en el trabajo. Confiamos en que podremos aclarar la confusión que rodea la situación actual, y tan pronto como eso ocurra, les relataremos toda la información a ustedes también. Mientras tanto, quédense adentro y mantengan sus televisores y radios sintonizados en sus canales preferidos para recibir actualizaciones. Gracias. Terminó de hablar tan rápido como había comenzado, y el locutor se hizo cargo una vez más.

"Ese fue el presidente Mason pidiendo a los ciudadanos que se queden donde están, o que lleguen a un lugar seguro en el interior tan pronto como sea posible". Mantenga sus radios y televisores en sintonía para actualizaciones frecuentes sobre la situación. Al parecer la gran interrogante sobre si hay 'vida en otros planetas' finalmente ha sido respondida. Este es Bob Riley para las noticias de WDCX". Josh había empezado a eliminar gradualmente sus palabras y se levantó para ir a su oficina a contactar a su familia y averiguar su situación.

Josh era de un pequeño pueblo de Iowa, que contaba con alrededor de 8,000 residentes. Él siempre había amado la tecnología, y el haberse graduado temprano, así como ser de los primeros en su clase de la escuela secundaria, había hecho posible una beca completa. Tomó sus estudios de informática muy en serio y fue seleccionado por el gobierno mientras todavía estaba en el medio de su último año en la Universidad de Iowa. Sus padres nunca habrían podido permitirse el lujo de seguir pagando su educación, y mucho menos visitarlo si no se hubiera quedado tan cerca mientras estaba en la universidad. Su madre se había destrozado por completo cuando supo que viviría y trabajaría en DC. Su padre había estado tan orgulloso que su pecho se hinchó. Después de todo, el hombre había trabajado con el sudor de su frente toda su vida, días en el ferrocarril, noches en una fábrica cercana que fabricaba equipos médicos.

Su madre se había quedado en casa, lo que explica la ansiedad de separación que experimentó cuando Josh dejó Iowa. El primer pensamiento en su mente fue hacerles saber que estaba bien, y luego descubrir qué era lo que estaban enfrentando. ¿Podrían ver una nave desde donde estaban? ¿Qué tamaño tendrían esas cosas en realidad? Le pareció desde la ventana que llenaban completamente el cielo de arriba. ¿Era uno o muchos? Simplemente había demasiadas preguntas a responder con la escasa información que había reunido hasta ahora.

Cogió el teléfono de su oficina y llamó a la casa de sus padres. Sonó seis veces antes de que la función de correo de voz respondiera, la voz de su padre le decía que lamentaba haber perdido su llamada, y si dejaba un mensaje, su padre o madre con mucho gusto lo contactarían lo antes posible. Josh no se molestó. En cambio, presionó el botón colgó, lo liberó y marcó el número nuevamente. Su padre respondió en el segundo tono.

"¿Hola?". Su voz no era la sólida voz a la que Josh estaba acostumbrado, la voz de la razón. En cambio, era la voz de un hombre muy asustado que intentaba disimular.

"Papá, soy Josh". Sus padres no usaban identificador de llamadas. No tenían a nadie que evitar. "Quería decirte que estoy bien. ¿Qué tal está todo allá?"

Robert Nichols soltó el aliento. "Josh, gracias a Dios. Mamá, es Josh". Su papá y su mamá siempre se referían entre sí de esa manera. No podía recordar que alguna vez se llamaran por sus nombres.

Podía escuchar a su madre en el fondo. "Déjame hablar con él, Bob". Hubo ruido cuando su padre le pasó el teléfono, y luego comenzó a escuchar llorar a su madre.

"Josh, ¿dónde estás? ¿Estás bien? Dijeron que una nave está directamente sobre Washington. ¿Puedes verla? ¿Estás a salvo? ¿Has sido herido? Yo diría que lo mejor es que vengas a casa ahora. Ni siquiera te arriesgues a estar allí en otro momento. ¿Josué? ¿Me escuchas, Josh?". Incluso en medio de toda la ansiedad, sus palabras le trajeron una sonrisa a la cara. Ella estaba muy asustada.

"Madre, no puedo simplemente irme. Estoy en el trabajo, estoy a salvo. Con esto, es de imaginar que me necesitarán aquí. Necesitas calmarte, inhala y exhala. Dime qué está pasando allá". Tenía que quedarse quieto para darle la oportunidad de responder.

Ella respiró profundamente y lo dejó salir. Él la escuchó hacerlo nuevamente. "Podemos ver una nave al sur de aquí, muy, muy lejos, pero, Josh, es enorme. ¡Es abrumador! Ni siquiera puedo soportar mirar por la ventana. Tu padre quiere hablar contigo. ¡Te amo y quiero que vengas a casa!".

"Mamá, tan pronto como todos sepamos más sobre lo que está pasando, y sepa que es seguro, iré. Déjame hablar con papá". Aarrastrando los pies, luego su padre volvió a la línea.

"¿Así que tienes uno justo sobre ti? Tenemos el cielo claro por aquí, pero el horizonte hacia el sur está cubierto por una nave. No se puede ver más allá de eso, pero está bastante lejos de nosotros. Simplemente parece estar estacionado allí. ¿Qué has oído, Josh? Josh pensó en su respuesta. Él no sabía más que lo que sus propios padres sabían, por la forma en que sonaba.

Tomó aliento. "Bueno, sé que hay varias, y parece que están posicionados con intención. Sería interesante saber qué está pasando realmente. Me cuesta creer que los poderes fácticos no hayan escuchado nada. Pero no quiero esperar mucho tiempo, papá. Quiero encender la radio y escuchar las actualizaciones. Tienes el tuyo, ¿verdad? ¿O la televisión o algo así?".

"Sí. Tu madre no lo verá, y yo no quiero que lo haga. Pero necesito hacerlo. Mantén el contacto constante, por favor, Josh. No nos hagas preocupar ahora".

Josh asintió distraídamente. "Lo mismo va para ti. Te llamaré pronto, os quiero a los dos".

Después de darle tiempo a su padre para decir adiós, colgó el teléfono y sacó su celular. Sintonizó el uso de la aplicación de radio digital que tenía y lo metió en la base para poder escuchar más claramente. Cerró la puerta de su oficina, se sentó en su escritorio y esperó la palabra.

R.W.K. Clark

CAPITULO 2

"¡Kamryn, despierta! ¡Alguien esta tocando la puerta!". Las palabras de Melissa la sacudieron para despertarla y se sentó derecha, balanceando sus piernas hacia el piso, completamente alerta.

Ella sacudió las telarañas de su cabeza. "¿Preguntaste quién era?"

"No dije nada, ¿qué, después de la última vez?", la cara de Melissa parecía petrificada y afligida. La 'última vez' a la que se refería fue cuando abrió la puerta a la policía y Kamryn fue arrestada por sus actividades extracurriculares de piratería informática.

Eran lo suficientemente inofensivos, al menos en su opinión. Ella en su mayoría hackeó por mero entretenimiento personal. No fue era su culpa que el gobierno, las universidades y otras personas no les gustara. Estaba aburrida, y además, era buena en eso.

Tocaron de nuevo, esta vez Kamryn pudo escucharlo claramente. Esta vez no era el golpe de cinco policías. Este sonaba con una persistencia que dependía de la desesperación. ¿Quién demonios podría ser? Ella echó un vistazo al reloj. Eran las 11:47 de la noche. ¿Quién podría estar en la puerta aparte de la policía? Pero ella no había hecho ningún acto ilícito y rastreable en todo el día.

Se levantó de la cama y lentamente se colocó de puntillas hacia la puerta, sin hacer ruido. Melissa se sentó a los pies de su cama, sus ojos pegados a Kamryn mientras se abría paso. Sus ojos cambiarían de Kamryn a la puerta y volverían cada dos segundos más o menos.

Cuando Kamryn llegó a la puerta, se bajó hacia la abertura iluminada debajo. Un par de pies en el otro lado. Lentamente, se levantó y miró a Melissa. No tenía tendencia a pensar claramente en situaciones como estas. Dado que había hecho un viaje injustificado a la cárcel con Kamryn la última vez, principalmente debido a la "culpabilidad por asociación", Kamryn sintió la necesidad de ser amable con ella.

"Es solo una persona. Creo que estamos bien". Ella alzó la voz un poco, asegurándose de que sonara completamente despierta. "¿Quién es?".

Se produjo una pausa. "Kamryn, es Chuck. ¡Tienes que dejarme entrar!". Inmediatamente comenzó a juguetear con el cerrojo y la cadena para dejarlo entrar. Chuck era su aliado cuando de su principal fuente de diversión y juegos se trataba.

Cuando abrió la puerta, Chuck entró al apartamento. Su cabello castaño estaba mojado por el sudor, y su tez estaba enrojecida. Estaba respirando fuerte.

"Chuck, ¿Qué diablos estás haciendo? ¿Hay algún problema? ¿Qué sucede? ¡Son más de las once!". Miró alrededor de la habitación erráticamente, su respiración irregular y áspera.

"¡Kamryn, hay naves! ¡Están revoloteando alrededor en todo el planeta! ¿Estás escuchando? Tenemos que salir de aquí". Al principio creyó que se trataba de una broma, y pensó que probablemente había probado una nueva droga que uno de sus amigos siempre estaba trayendo.

"Chuck, si están por todo el mundo, ¿Adónde crees que podrías correr?". Una sonrisa tiró de las comisuras de su boca, pero vio que estaba realmente molesto. Ella no quería agitarlo más, sin embargo, su pregunta estaba haciendo exactamente eso. Lo mejor era refrenarlo ahora. "Está bien, está bien, Chuck. Déjame ver".

Con eso, la agarró de la mano y la guió pasando a Melissa, que estaba sentada con la mirada desorbitada en su cama, hacia la ventana. Agarró la cuerda y levantó la persiana vertical casi violentamente. Todo lo que alcanzó a ver era oscuridad. Ella miró a Chuck. "Es solo el cielo nocturno".

Él comenzó a sacudir violentamente la cabeza. "¡Eso es porque es de noche! Mira en la calle. La gente se está volviendo loca. No soy solo yo, Kam". Dejó escapar un gruñido frustrado y la tiró del brazo hacia la puerta de la habitación.

"¡Oye, Cuidado, me estás haciendo daño!". Él no pareció escucharla, o de lo contrario no le importó. Ella lo siguió mientras él la conducía escaleras abajo hacia el vestíbulo del edificio, sus pies descalzos golpeando las frías baldosas mientras avanzaban. "Mira, Chuck, ¿por qué no tratas de dormir un poco? Te sentirás mejor por la mañana".

Continuó caminando, y sin mirarla, dijo con la voz más tranquila que cuando llegó, "No sé si alguna vez volveré a dormir, amiga".

Su mismo tono envió un escalofrío a su espina dorsal, aunque no sabía por qué. Extendió la mano y empujó la entrada del edificio. Se balanceó hacia afuera, y la atrajo hacia el aire fresco de la noche.

"Ahora, mira hacia arriba".

Kamryn lo hizo de inmediato, simplemente en respuesta, pero ella no estaba preparada para lo que veía. Claro, había estado durmiendo bastante últimamente. Había estado un poco deprimida desde el arresto, pero ¿cómo se había perdido algo como esto?

El cielo estaba mayormente oscuro, excepto por la variedad de pequeñas luces centelleantes que estaban esparcidas por su superficie sin rima ni razón. Sin embargo, había reflectores que brillaban desde el suelo de Baltimore hacia el cielo, y lo que iluminaban no tenía sentido para su mente. Una superficie gris parecía llenar lo que ella había pensado que era el cielo. Era enorme, y cuando los proyectores se movieron sobre su superficie, parecía que no había un final a la vista.

"¿Qué diablos, Chuck?". Él la miró a la cara mientras ella observaba hacia arriba, no notaba que la estaba mirando. Estaba embelesada con lo que veía, y era consciente de que tenía la boca abierta de par en par, pero no tenía suficiente control sobre sí misma como para cerrarla. Casi tropezó su pierna con algo, y sus intestinos se sintieron sueltos y acuosos.

Ahora Chuck miró hacia lo masivo con ella. "Ha estado en toda la radio y la televisión. Esta no es el única, hay varias en todo el mundo". Él tiró de sus ojos hacia ella. "¿Que has estado haciendo todo el dia? ¿Durmiendo?".

Kamryn mantuvo sus ojos en la gigantesca cosa de arriba, pero su mente se remontó al salir de la cárcel a las cuatro de la mañana. Estaba asustada, deprimida y enfrentaba cargos bastante serios. Le habían dicho que los federales estaban considerando acusarla de espionaje. Todo lo que quería hacer era dormir, y cuando llegó a casa, ella había escapado de inmediato a la tierra de sus sueños. Melissa también se había caído; ella la había visto cuando se levantó para hacer sus necesidades alrededor de las cinco y media de la tarde. Además, no tenían televisión, y la radio nunca estaba encendida mientras dormían. ¿Cómo iba a saber ella?

Finalmente, ella apartó los ojos de la 'nave' y miró a Chuck. "¿Cuántas? ¿Naves? ¿Cuántas hay?".

Él negó con la cabeza y miró hacia arriba. Estaba muy tranquilo ahora, casi hipnotizado. "No estoy seguro, pero sé de cuatro o cinco en el espacio aéreo de los Estados Unidos. Dicen que están en todo el mundo".

"Vuelve arriba", tiró de su brazo en dirección al edificio, arrastrándolo a la realidad junto con él. Ambos regresaron por la puerta principal y subieron las escaleras hasta su morada.

Cuando entraron, encontraron a Melissa dormida otra vez, hecha una bola debajo de una manta en el sofá. "Shhh... No la despertemos. Ella nunca ha tenido una buena estabilidad emocional. Por aquí". Entraron en la esquina más alejada, lejos de Melissa dormida, donde Kamryn se dejó caer en un solo sillón. Chuck descansó su trasero en el suelo delante de ella.

Giró un botón en un pequeño radio que amenazaba con ser tan viejo como ella, que tenía unos veinticinco años. No tenía que preocuparse por encontrar las noticias en la radio, porque estaba en todos los canales del dial. Se encontró con la mirada de Chuck mientras escuchaban la voz metálica que emitía la unidad. Era pasada la medianoche.

"Hasta el momento no se ha dado ninguna palabra, ya sea a nivel federal o en el frente interno del estado con respecto a los 'visitantes', como se les llama. Las autoridades gubernamentales, incluido el presidente Mason, han declarado claramente que se informará cualquier intento de comunicación por parte de los que están dentro de los buques. Han estado sobrevolando durante más de siete horas, sin informes de ninguna de las áreas que presenciaron este evento pionero...".

Kamryn giró la perilla, sintonizando el dial a otro canal. "Habla Fran Crosby con WXRI, Rock 102. Todavía estamos esperando noticias sobre los 'visitantes', como han sido apodados. Londres afirma que han experimentado un poco de interrupción en sus ondas de radio, pero el resto de las ubicaciones no informan nada similar de ninguna manera. En este momento, se recomienda que continuemos a salvo en el interior y esperemos noticias de las autoridades locales, estatales o federales. Les habló Fran Crosby, estén atentos a WXRI, Rock 102 para obtener información".

Kamryn apagó la radio. "¿Es real? Eso fue todo lo que pudo analizar, pero sus pensamientos eran mucho más claros. Tal vez ella no tendría que lidiar con todos estos cargos de piratería después de todo. Sabía que era una forma egoísta de pensar, pero era una persona egoísta, y sería la primera en admitirlo.

"Kamryn, no creo que el mundo entero intente bromear con nosotros. Todos tienen miedo a la muerte. Mira, tengo que llegar a casa y ver cómo están mi mamá y mi hermana. Ahora estoy más tranquilo, pero creo que deberías mantenerte dentro con la radio encendida, y tal vez deberías pensar en cómo vas a hablar con Melissa sobre todo esto. Chuck sostuvo su mirada mientras hablaba, asegurándose de que sus palabras se estuvieran registrando.

Ella asintió, murmurando algo impotente, "Gracias, Chuck", mientras salía del piso. Lo cerró con llave y se aseguró de que estuviera bien cerrado.

Kamryn consideró su vida y las circunstancias a su alrededor. Sus propios padres habían sido asesinados durante una excursión de montañismo cuando ella era muy joven, y una tía y un tío por parte de su madre la tuvieron hasta que ella tenía 13 años. Habían abusado de ella de todas las maneras imaginables, y la única comodidad que tenía en este mundo era la tecnología. Estaba equipada para averiguar el número de seguro social de cualquier persona, el historial o cualquier otra información que quisiera. Pero para lidiar esto no se sentía realmente preparada, no tenía idea de qué hacer.

Entró en el baño y se recogió el cabello como cola de caballo. Esta fue su preparación para conectarse.

Después de revisar a Melissa, ella encendió su sistema y conectó con el Wi-Fi perteneciente al tipo que estaba al final del pasillo; Afortunadamente, ella sonrió, era ilimitada, o la hubieran arrestado por esto hace mucho tiempo. Ella necesitaría todo el tiempo que pudiera tener.

Iba a piratear el sistema informático de Washington. Iba a descubrir qué estaba pasando, porque, después de todo, el mundo entero sabía que eran unos mentirosos en la escala más grandiosa posible.

CAPÍTULO 3

El amanecer trajo muchos cambios al mundo.

Aquellos que realmente habían escuchado las instrucciones de permanecer dentro, así lo hicieron, se les esfumó el sueño de sus ojos y mentes. Aquellos que habían elegido desafiar las órdenes del gobierno, lograron saquear, y sabotear durante toda la noche, y no sentían ningún temor; la policía estaba básicamente muerta de miedo por salir. Solo aquellos con problemas de drogas o alcohol, o aquellos que tenían el corazón de verdaderos criminales, desafiaron la incertidumbre que flotaba arriba.

Josh Nichols había permanecido en su oficina toda la noche, escuchando las noticias, consolando a la gente histérica e intentando usar el poco esfuerzo que tenía para obtener información, pero fue en vano. Se las arregló para adelantar un poco de trabajo, y trató de poner todo el enfoque posible en lo que hacía, pero escribir código simplemente no distraía lo suficiente cuando se trataba de invasiones extraterrestres, incluso del tipo aparentemente más benevolente. A partir de la salida del sol, ninguna de las circunstancias había cambiado en absoluto.

Kamryn Reynolds había aprovechado el resto de su noche para entrar en el sistema altamente seguro del gobierno desde la comodidad de su destartalado apartamento, escuchando a su amiga Melissa roncar a la ligera sin ningún cuidado en el mundo. Mientras que la piratería le había ocupado gran parte de la noche, logró envolver sus ojos en torno a alguna información que era petrificamente pertinente. Esto fue alrededor de las 5:30 de la mañana, justo cuando el sol asomaba por el horizonte, o al menos, lo poco que podían ver de él los habitantes de la Tierra.

El gobierno de hecho había estado mintiendo. Hubo comunicación, pero la mayoría de los registros recaudados hasta el momento fueron encriptados tan bien que Kam tardaría horas en descifrar el código. Lo que ella obtuvo de los datos que había encontrado es que los 'visitantes' no solo habían hecho contacto, sino que también habían exigido algo.

Parecía, por lo que ella podía ver, que estos seres no eran nada menos que carroñeros. Deseaban nuestros recursos, particularmente la abundancia de metales preciosos que se encontraron aquí, pero sus objetivos no se limitaban a esto. El punto principal era que cada plan que tenían, cada esquema, dependía únicamente de la totalidad de la población humana siendo exterminada de la faz de la tierra. Pero creía que en el fondo no estaban interesados en el genocidio total. Querían matar solo a los débiles, a los indefensos, a los inútiles.

Eso fue todo lo que pudo deducir, pero las

deducciones que hizo le tenían la sangre fría y la piel de gallina. Una pregunta que corrió por su mente una y otra vez: ¿Esto será real? La respuesta fue un rotundo "Sí".

Melissa se despertó a eso de las seis de la mañana para ir al baño, y Kam apenas la había escuchado, incluso en la habitación individual. Estaba completamente distraída con pensamientos acerca de qué podía hacer para salvar su propia vida, qué medidas debía tomar y cómo actuaría para sobrevivir a esta horrible experiencia.

"¿Estuviste despierta toda la noche?". Melissa estaba de pie detrás de ella, con una mano en la pared para mantener el equilibrio, su cabello castaño oscuro y largo, revuelto alrededor de su rostro.

Kamryn se volvió hacia ella con una brusca sacudida. Una vez que la presencia de Melissa se registró, ella le sonrió de forma reconfortante. "Sí, supongo que después de que Chuck se fue, no pude volver a dormir. ¿Cómo estuvo tu descanso?".

Melissa se dio vuelta y se dirigió al baño diminuto. "Bueno. Creo que podría haber estado peor. ¿Cuál era su problema, por cierto? Pensé que tal vez había estado fumando algo de ese K2 que Bart Jensen ha estado trayendo". El sonido de la orina fluyendo al inodoro llenó el aire mientras Melissa lo dejaba ir.

"No, estaba limpio", dijo Kam mientras pensaba en sus palabras. "Quería contarme acerca de algunos 'compañeros de trabajo' que fueron arrestados la misma noche que yo. Sintió que tenía ganas de compartir eso con alguien, no quería hablar solo". Con qué facilidad había salido la mentira de sus labios. Tal vez debería haber sido una actriz.

Descargó el inodoro y Melissa apareció una vez más, tirando un par de jeans desteñidos y rasgados sobre su cuerpo demacrado, era como si necesitara lucir más delgada de lo que era. "¿Quién fue?".

"Nadie que conozcas", respondió Kam. "Solo algunos viejos que conozco desde que era más joven". Otra mentira. Puede que sea una hacker, pero mentirle a amigos cercanos no era algo que hubiera practicado alguna vez, y sintió una punzada de culpa. "Entonces, ¿Cuáles son tus planes para el día? ¿Algo en particular?".

"En realidad, estaba pensando en ir al Jiffy Mart por un panecillo inglés de huevos y salchichas. ¿Quieres algo?".

Una oleada de pánico corrió por el cuerpo ya estresado de Kam. Ella no podía posponerlo. Tendrían que hablar.

"No, Mel. Escucha, siéntate aquí por un minuto, ¿quieres? Melissa la miró insegura; tal vez fue el sonido de la voz de Kam lo que puso la duda en sus ojos. Ella no discutió, más bien, se sentó en el borde de la cama de Kam, a casi un metro de donde Kam estaba sentada en la silla con su computadora portátil ahora al lado de sus pies en el piso.

"¿Qué pasa? ¿No tienes dinero? Tengo suficiente para cubrirte, si tienes hambre". Algo debe haber estado diciéndole a Melissa que este no era el problema, porque sus ojos permanecían abiertos y aprensivos. Es curioso, lo que el espíritu humano intuye cuando algo malo pasa.

Kamryn negó con la cabeza y miró hacia el piso. "No, no tengo hambre. Mira, te mentí hace un minuto. Chuck no vino anoche para decirme que alguien me había delatado". Ella miró la cara de su amiga cuidadosamente. "Vino con noticias mucho más serias".

"¿Qué pasa? ¿Estamos en un problema mayor de lo que pensamos?".

Kam asintió. "Sí, pero no es el tipo de problema que piensas". Hizo una pausa, tratando de ordenar sus pensamientos y unir sus palabras apropiadamente para la oyente. "Melissa, naves alienígenas han venido a la Tierra".

La cara de Melissa se torció en una sonrisa. "¡Qué tonta eres!". Con eso comenzó a reír a carcajadas. "Que diablos, Kam. ¿Con qué tipo de humor saliste de la cama? ¡Estás muy chistosa hoy!".

Kamryn se sentó, sin sonreír, en su silla. Dejó que Mel parara de reírse, pero mientras la chica seguía riendo entre dientes, Kam se levantó, la tomó de la mano y dijo: "Ven aquí un momento".

Ella la condujo a la ventana. El día, aunque no estaba brillante, se iluminaba mucho mejor que la escena de la noche anterior. Dio un paso atrás para que Melissa pudiera verla.

Mel se quedó boquiabierta frente a la ventana abierta. Lágrimas se formaron en sus ojos, ella comenzó a temblar, y dio un grito.

∞

Josh estaba sentado en su escritorio escuchando la radio cuando Gary Jimmerson apareció en la puerta, tocando suavemente. Giró en su silla, el suave sonido lo sobresaltó.

"¿Qué pasa, Gary?". Gary era uno de los supervisores en su piso.

Él sonrió sombríamente a Josh. "Es muy temprano. Nadie quiere ver a su jefe a las siete de la mañana, y parece que le diste duro al trabajo". Josh asintió en respuesta, sin apartar los ojos de Gary por un segundo. "No vine a ver si estabas trabajando. Vine a decirte que el presidente quiere que todos los empleados federales se reúnan en sus respectivos edificios en las salas de conferencias. Nos va a dirigir a través de un circuito cerrado con respecto a los 'visitantes'."

Josh respondió con un simple: "Estaré allí". Apagó su monitor cuando Gary asintió brevemente y salió de su oficina. Tardó un momento en recomponerse pasándose un peine por el pelo y haciendo una pausa para aclarar su mente. Parecía inútil intentar concentrarse. Después de todo, ¿quién sabía qué pasaría en los próximos momentos, y mucho menos mañana? las naves alienígenas rodeaban el mundo entero. Nada le parecía tan inseguro como el futuro en este momento.

Finalmente, Josh se liberó de su confuso aturdimiento y se levantó de su escritorio. No quería perderse el discurso. Necesitaba saber todo lo que estaba pasando, sería mucho lo que aprendería y, hasta el momento, esta era la única forma en que podía comenzar a hacer eso.

La sala de conferencias del edificio de su división estaba ubicada un piso más abajo, y como muchos de sus compañeros de trabajo, Josh no se sentía cómodo tomando el ascensor. Había un sinnúmero de personas subiendo las escaleras, y tenía miedo de perderse la reunión, por lo que hizo todo lo posible para abrirse paso por el costado, pisoteando a las personas. Llegó a la sala de conferencias para encontrar que estaba llena rebosada de gente. La gran pantalla de visualización estaba en el frente de la sala, y mientras había murmullo excesivo entre los trabajadores, casi todos los ojos estaban pegados a ella, esperando que apareciera la cara de Andrew Mason y les dijera todo lo que realmente estaba sucediendo y qué deberían hacer.

Cuatro minutos le parecieron una eternidad mientras esperaba, pero finalmente la pantalla se iluminó y un portavoz presentó al presidente Mason, como si ninguno de ellos lo reconociera cuando apareció. Caminó hacia el podio, con una mirada severa y seria en su rostro. Josh podría haber estado equivocado, pero podría jurar que los ojos del hombre también estaban llenos de miedo, y ¿cómo no estarlo? Era humano, y cada ser humano en el planeta sentía miedo en ese instante.

"Mis compatriotas estadounidenses y empleados leales de los Estados Unidos, todos somos conscientes de las circunstancias que rodean la conferencia de hoy. Un total de veintiún aeronaves alienígenas individuales no identificadas se han colocado en todo el mundo, seis de ellas en el espacio aéreo de EE. UU. En el día de hoy no nos habían contactado hasta hace unos instantes los operadores de estas naves no nos habían contactado". Sus ojos parpadearon. Josh detectó el dato muerto de su mentira. "Podemos decir que efectivamente nos hemos comprometido en lograr la comunicación con ellos, aunque obviamente no de manera presencial, ni tampoco a través de medios orales convencionales. Nos hemos comunicado a través de mensajes cifrados enviados en ambos sentidos, y nuestros 'visitantes' no solo han explicado su presencia, han aclarado lo que desean".

Se aclaró la garganta y se movió de un pie a otro, apenas levantando la vista del discurso preparado que se le había presentado.

"Los 'visitantes' son realmente extraterrestres, y están aquí desde un planeta que nuestros intérpretes no pueden descifrar en nuestro idioma. Se están refiriendo a sí mismos como los 'Opresores'. Esa palabra ha sido verificada por ellos como correcta". Se quedó en silencio por un momento, luego carraspeó y continuó. "Tienen la intención de permanecer en el planeta".

En la sala comenzaron a hablar todos a la vez, y el tono general fue de completo pánico. Josh estaba callado, tratando de razonar esto en su mente, si eso era posible. Sin embargo, sus pensamientos parecían no tener ningún sentido para él. ¿Dónde planeaban estacionar estas naves?

El presidente Mason continuó. "La siguiente divulgación se les está anunciando solo a ustedes en este momento. El público en general será informado una vez que decidamos cuál es la mejor línea de acción para compartir la información que tenemos. Les pido que no se asusten; nuestra mayor fortaleza estará en la paz y la calma que demostremos". Ahora miró directamente a la cámara que apuntaba a él.

"Los Opresores desean ocupar la Tierra en su totalidad. Están conscientes de que no hay lugar para nosotros y para ellos, y no han expresado ningún deseo de eliminar a los humanos. Sin embargo, quieren que nos vayamos para que puedan tener acceso libre al planeta y sus recursos. Han preparado un lugar en otro planeta, que no nos ha sido divulgado, pero han aclarado que el lugar que han preparado no contendrá suficientemente a todas las personas vivas. Por lo tanto, dicen, han compilado una batería de pruebas muy específicas que todos 'tendrán que tomar'. Estas pruebas, según ellos, determinarán las personas más fuertes y más calificadas para ser reubicadas".

La sala de conferencias estaba completamente quieta, excepto por unos pocos sollozos dispersos que venían de mujeres aquí y allá. Josh siguió mirando la pantalla y trató de darle sentido a lo que estaba escuchando. Estuvo tentado de pellizcarse a sí mismo. Tenía que estar durmiendo. Esto no podría ser real.

"No planeamos ceder fácilmente; sin embargo, hasta que podamos determinar un curso de acción sólido y efectivo, recomendaremos que todos mantengan la apariencia y la actitud de cooperación para salvar sus propias vidas. Sé que tienen preguntas. También tengo preguntas, pero esta es toda la información que tenemos en este momento. Nos dirigiremos al público con las noticias y recomendaciones de una manera que conduzca a la calma. Les pedimos que guarden esta información para ustedes, y que permanezcan donde están si es posible. Continuaremos informándoles sobre cualquier progreso que hagamos, o cualquier información adicional que aprendamos. Recuerden, mantengan la calma. Esta es la mejor arma que todos tenemos en este momento. Gracias".

La pantalla se oscureció inmediatamente, y el caos estalló en la habitación.

CAPÍTULO 4

Había pasado una semana desde la llegada, y Kamryn todavía estaba conmocionada por lo que habían aprendido en los últimos siete días. Nadie, hasta el momento, había puesto los ojos en ninguno de los Opresores, como ahora se los llamaba comúnmente. Mientras que el mundo había recibido instrucciones de que los sitios de prueba deberían construirse en cada área principal de cada ciudad sobre las cuales flotaban sus naves, junto con instrucciones sobre cómo 'construir' los sitios de prueba, a los pioneros de la Tierra se les dijo que los Opresores no tocarían el suelo hasta que las pruebas estuvieran listas para comenzar.

Kamryn no estaba satisfecha con seguirles el juego.

Cinco días atrás, un día después de que todos estuvieran 'al tanto' de las intenciones de los Opresores, se habían producido muchos cambios en todo el mundo. No solo se había extendido el pánico, sino que muchos habían sido asesinados por las autoridades locales y los militares mientras perdían la cabeza. El saqueo y la violación se habían convertido en algo común en solo una semana, y la mayoría de los que realmente deseaban vivir habían aprendido a permanecer dentro. La construcción había comenzado en los sitios de prueba. A los terrícolas se les había dado un límite de tiempo; tenían que completarlo en un mes, que ahora estaba a solo tres semanas de distancia. Kamryn permaneció en su computadora, pirateando sin temor, sabiendo que las autoridades no estaban prestando atención a sus actividades. Había determinado que necesitaba encontrar la mayor cantidad de información posible sobre estas circunstancias. No tenía intención de tomar ninguna prueba.

Melissa estaba fuera de control por completo después del anuncio inicial hecho por el presidente. Kamryn había intentado calmar su histeria, pero la chica nada que se controlaba. Kam se había despertado a la mañana siguiente y se encontraba sola en la pequeña habitación, desde entonces no había vuelto a ver a Melissa ni había tenido ninguna forma de comunicación con ninguno de sus otros 'conocidos'. Se enorgullecía del hecho de que no tenía familia ni verdaderos 'amigos'. Ella resolvería esto por sí misma.

En la escuela, Kamryn había sido etiquetada como una 'genia'. Nunca tuvo que esforzarse más que un minuto en sus estudios, y eso generalmente implicaba hacer sus tareas a tiempo. Se aburría con facilidad, y hasta que entró en el mundo de las computadoras, había estado en la parte superior de la lista de absentismo, de forma muy frecuente. Tenía plena confianza en su capacidad no solo para evitar las pruebas, sino para continuar viviendo en su planeta natal también.

Ella había pensado y reconsiderado la situación en la última semana, apenas durmiendo y consumiendo más café de lo que alguien tenía derecho a consumir. Sabía que estaba un poco agotada, pero en su mente sabía, era necesario si quería salir de esto con vida. Ayer, tomó una decisión firme con respecto a lo que haría: tomaría sus pertenencias más esenciales, que consistían en su computadora portátil, algunas ropas, cuadernos y algunos artículos de higiene personal, y viajaría los sesenta y cinco kilómetros hasta Washington D.C. Allí podría buscar la información adecuada, incluso hablar con las personas pertinentes si fuera necesario. El Wi-Fi no era un problema; cuando no podía acceder gratis a una biblioteca o cafetería, se lo robaba. Enmascararía su información de ubicación cuando fuera necesario. Se sintió bien con su decisión. Incluso si no funcionaba de la forma que quería, al menos no estaría sentada quieta, sintiendo que no estaba haciendo nada para salvar su propia vida. Así que se fue.

El mundo, o al menos algunas de las personas en él, estaban tratando de llevar la vida lo más normalmente posible. Autobuses en marcha conducían en un intento de escapar a... ¿Dónde? Llegaría a Washington en menos de una hora una vez que tuviera un aventón.

Ella fue a la entrada interestatal 295 ubicada más cerca de su apartamento. Manteniendo su mochila colgada firmemente sobre su brazo izquierdo, sacó su pulgar derecho. En quince minutos, un sedán oxidado y golpeado se detuvo, y una pareja sucia y desaliñada le dijo que entrara sin siquiera preguntar adónde se dirigía. Fue así de fácil.

Fue entonces cuando salió rumbo a su destino.

∞

Josh se sentó en su departamento, con el teléfono inteligente en la mano, leyendo la última actualización de noticias sobre los Opresores y la construcción de las instalaciones de prueba. Negaba con la cabeza mientras leía, sin darse cuenta de sus propias acciones. Terminó y dejó el teléfono en la mesa auxiliar junto al sofá y se frotó los ojos, ignorando el miedo en la boca del estómago. La emoción se había convertido en un lugar común, no solo en su vida, sino en las vidas de todos a su alrededor.

Había estado haciendo turnos de día completo durante la última semana, y este era su primer día libre real. Se había duchado tan pronto como llegó a casa; olía tal cual a una cesta de basura llena de pizza de cebolla. Tenía la intención de zambullirse en su cama y dormir, pero se encontró en el maldito teléfono. Necesitaba aprovechar su tiempo en casa, y se levantó y caminó hacia su habitación, dejándose caer sobre la cama. Habían puesto instalaciones de siesta en el trabajo, y las camas que proporcionaron parecían rocas con mantas. Así que volver a su cama le hizo sentirse como en el cielo.

Allí yacía, pensando en el trabajo, dando vueltas. Le habían dado una tarea altamente clasificada que involucraba escribir un código que se aplicaba a la situación. Era la intención del gobierno de alguna manera obtener acceso a la información que tenían los Opresores, al mismo tiempo que bloqueaba nuestros propios sistemas. Josh se sentía como dando vueltas en círculos, y todo lo que podía hacer era seguir los movimientos. No tenía idea de cómo darles lo que querían, pero estaba decidido. Su mente continuó caminando a través de las mismas aguas mentales, relacionadas con el trabajo, en las que había estado de rodillas toda la semana.

Finalmente, se quedó dormido, pero su sueño fue irregular. Se despertó unas horas más tarde para notar las sábanas anudadas alrededor de sus piernas. Estaba cubierto de sudor, y sintió el tirón de horror en la boca del estómago. Una pesadilla. Se le escapó antes de que pudiera recordar los detalles.

Se sentó, poniendo los pies en el suelo y la cabeza entre las manos. Después de un momento, miró el despertador junto a su cama. A las dos y media de la tarde, había dormido durante dos horas enteras. Pensó en su próximo movimiento. No tenía que volver al trabajo hasta la mañana, pero la idea de quedarse sentado sin hacer nada lo volvía loco. Comería, se bañaría para quitarse el sudor y volvería al trabajo.

Después de una cena en el microondas que consistía en un Salisbury steak, patatas goteantes y maíz gomoso, saltó a la ducha y se aseó. Después de vestirse, agarró su maletín y se dirigió a la puerta de su automóvil. El cielo en lo alto todavía estaba oscuro. La nave que flotaba bloqueaba la mayor parte del sol, y parecía que a medida que oscurecía aumentaba el miedo y la depresión.

Era importante conducir con las puertas del automóvil cerradas. Los locos corrían por las calles todo el tiempo, y cuando no los arrestaban, los estaban derribando. El robo de automóviles era común, por lo que revisó las puertas con dobles y triples antes de irse. La calle estaba increíblemente vacía de vehículos para esta hora del día, pero personas a pie había en todas partes. Verificó las cerraduras una vez más.

Giró a la derecha en la calle 'C' después de asegurarse de que estaba despejado. Estaría en el trabajo en cuestión de minutos. Debía haber estado operando en piloto automático, porque no vio a la chica cruzar en frente de él en absoluto, y cuando se dio cuenta de que tenía que frenar de golpe para evitar sacarla por completo. Ella se congeló, sus ojos muy abiertos y mirándolo directamente.

Él la miró a los ojos y notó que su rostro se suavizó cuando se dio cuenta de que no la golpearía. El paragolpes de su automóvil parecía estar justo contra su muslo, aunque en realidad estaba a un pie de distancia; aun así, demasiado cerca de ser golpeada. Su corazón latía con una mezcla de miedo y alivio.

Ella levantó su mano y lo tiró. Bajó la ventanilla y asomó la cabeza. "Lo siento mucho. Supongo que no estaba prestando atención. ¿Estás bien?".

La chica exhaló un aliento casi audible. Asintió y se ajustó la mochila. "Estoy bien, supongo. ¡Casi me matas de un susto!".

"Espero de verdad te encuentres bien". Abrió la puerta y salió del auto, sin preocuparse de que pudiera tratarse de un intento de robo de autos. ¡Esta chica era hermosa! "¿Puedo llevarte a algún lado? Mi nombre es Josh. Josh Nichols".

Ella lo estudió cuidadosamente, ambos sin prestar atención a las cornetas que sonaban detrás del auto de Josh. Estaban bloqueando el tráfico. Se dio cuenta de esto, y saltando hacia atrás, se detuvo al costado de la calle. Ella lo siguió lentamente, con un poco de inquietud, sin dejar de mirarlo todo el tiempo. Los coches pasaban volando, los conductores insultándolos desde las ventanas. ¿En qué momento el tráfico aumentó?

"Puedo llevarte. No tengo prisa. ¿A dónde vas?". No podía apartar los ojos de ella. Llevaba una falda marrón hasta la pantorrilla y un top vaporoso de gasa que le ataba los hombros. Sus hombros tenían pecas salpicadas, al igual que su nariz y sus mejillas, como si tuviera canela rociada sobre ellos. Su cabello era rubio y colgaba más allá de la mitad de su espalda. Lo dejó sin aliento.

Su voz lo trajo de vuelta a la realidad. "Soy Kamryn Reynolds. Me encantaría que me llevaras, pero ni siquiera estoy segura de a dónde voy. Me trajeron aquí desde Baltimore, y solo he estado en la ciudad por un par de horas tratando de descubrir qué hacer a continuación".

"Bien, súbete. Se supone que debo estar fuera del

trabajo hasta la mañana, pero iba a entrar solo para mantenerme ocupado. ¿Tienes hambre? Podemos comer". Josh no tenía hambre, pero comería si eso significaba salir con esta chica.

Ella miró sus pies, luego hacia arriba y alrededor de ella. Finalmente hizo contacto visual. "En realidad, me muero de hambre". No había comido en días, de hecho.

"¿Quieres ir a un lugar en particular? Tú solo dime". Él no apartaba su mirada de ella. No podía evitarlo.

"Bueno, supongo que si tiene Wi-Fi, no importa". Ella notó cómo él la miraba. Parecía lo suficientemente inofensivo. No sentía ese tirón en sus entrañas que generalmente significaba problemas. De hecho, se sentía completamente cómoda, y la sorprendió.

Josh se apresuró en dar una respuesta. "Bueno, si quieres Wi-Fi, la comida rápida probablemente es nuestra mejor opción".

"Gracias. Debo decirte que no tengo dinero, pero...".

"No, por favor. Lo entiendo. No hay problema". Caminaron hacia el automóvil y Josh entró primero. Abrió la puerta y ella se sentó junto a él. En ese momento sonó un disparo y una ventana de vidrio de una joyería pareció explotar. Sonó un grito, y un hombre de unos cincuenta años en traje de negocios salió corriendo por la puerta, la sangre cubriendo su rostro. Josh puso el automóvil en marcha y presionó el pedal al piso.

Cuando se unieron al resto del tráfico, comenzó a

conversar. "¿Por qué viniste a D.C.?". Él la miró. Estaba recogiendo pelusa inexistente de su falda marrón. Era tan linda.

"Um, creo que estaba harta de no hacer nada para ayudar. Quería probar y averiguar si había algo que pudiera hacer". No quería decirle que era una hacker y que estaba allí para robar secretos gubernamentales en un esfuerzo por sobrevivir.

Josh cambió de velocidad. "¿Qué esperas encontrar?".

Ella lo miró. "Tenía la esperanza de descubrir si había algo que el gobierno no nos dijera que me diera una ventaja. No lo sé, de verdad. Solo… algo, lo que sea".

Miró el camino y le dio vuelta a esta información en su mente. ¿Cómo era que tenía la intención de obtener información del gobierno? Trabajaba para ellos y, a falta de infringir la ley, la única información que le dieron para trabajar fue limitada y altamente confidencial. De repente, se le ocurrió lo que estaba haciendo.

"Estás hackeando, ¿verdad?". Él hizo la pregunta con una sonrisa intencional en su rostro, deseando que ella estuviera a gusto. No es como si fueran a apresurarse y arrestarla. Tenían peces mucho más grandes para freír en este momento.

Kamryn tenía una mirada de pánico en su rostro. Luego la mirada desapareció al instante. "¿Por qué piensas eso?".

Josh se rió entre dientes. "Trabajo en el código de

escritura del Pentágono, y solo sé lo que quieren que sepa. Tendría que hackear para acceder a lo que te refieres. Es la única forma. No te preocupes. Tu secreto está a salvo conmigo".

Giró a la izquierda, girando. "¿Quieres entrar?".

"Bueno, quería instalar mi computadora portátil", respondió, dejando escapar un suspiro de alivio.

Se detuvo en un lugar y apagó el auto. Al mirarla, le resultó difícil hablar, así que solo miraba en su dirección de vez en cuando. "¿Qué tal si jugamos a salvo de los criminales y los saqueadores? Podemos conducir, conseguir nuestra comida e ir a mi casa. Tengo Wi-Fi que puedes usar siempre que prometas usar tus dedos mágicos para bloquear mi dirección IP. Sé que tienes trucos de los que no sé nada, y estoy a salvo. Estás más segura conmigo de lo que estarías sentada allí tratando de hacer tus cosas".

Kamryn le sonrió. Un lugar seguro, sonaba increíble. "Creo que es una gran idea".

Josh sacó el vehículo del lugar y condujo hasta la ventana de acceso. Pusieron su pedido en el tablero del menú y luego lo sacaron, pagando en la primera ventana y recogiendo su comida en la segunda. En cuestión de minutos, conducían en la dirección opuesta a la calle 'C', en dirección a su apartamento.

CAPÍTULO 5

Josh llevó a Kamryn al edificio de seguridad que albergaba su departamento y, después de revisar su correo, la condujo a su puerta. La abrió con destreza, buscando dentro hacia la derecha para encender la luz. Se hizo a un lado para poder entrar primero y luego lo siguió, cerrando la puerta. Se aseguró de que las cosas estuvieran bien cerradas antes de darse cuenta de que la comida todavía estaba en el asiento trasero del auto.

"¡Oh, dejé la comida afuera! Mira, puedes configurar aquí si quieres. Sírvete cualquier cosa que te guste en la nevera para beber. La contraseña de Wi-Fi es 'jnichols1', y Nichols se escribe con un 'ch-o', para que lo sepas. Ahora regreso. Él le sonrió y disfrutando del hecho de que ella estaba allí, se dirigió hacia donde estaba la comida.

Kamryn sacó sus cuadernos y su computadora portátil de su mochila y encontró una salida para enchufarla. Seguramente la batería ya estaría muerta, por lo que aprovecharía la oportunidad de cargarla. También conectó su celular, aunque no esperaba hacer o recibir llamadas. Más vale prevenir que lamentar.

En cuestión de minutos, Josh regresó, cerró la

puerta con llave y desempacó la bolsa plástica de comida en la pequeña mesa de roble del comedor. Tenía que apartar el papeleo para hacer espacio. Obviamente era soltero. El apartamento no estaba sucio; era más limpio que el apartamento donde ella había vivido en Baltimore. A este lugar le faltaba un toque femenino.

Mientras Kamryn trabajaba en la computadora, Josh colocó la comida en platos. "¿Te serviste algo para beber?". Gritó desde la cocina.

"No. Estaba bastante concentrada en poner esto en marcha. Realmente aprecio que me permitas usar tu Wi-Fi y pasar el rato aquí". Sus dedos golpeteaban constantemente las teclas mientras trabajaba para confundir las señales y evitar su detección. Los proveedores de servicios de Internet y las compañías de cable son algunos de los sistemas más fáciles de piratear una vez que sabes cómo hacerlo.

"Tengo jugo de naranja y cerveza, y media botella de chardonnay que mi madre dejó el día de la madres. No hay leche. Pero hay agua, por supuesto". Se paró en la nevera con la puerta abierta.

Ella ni siquiera levantó la vista. "Una cerveza estaría genial. En un vaso, por favor. Gracias".

Kamryn continuaba tecleando, incluso cuando Josh trajo el plato de comida y la cerveza. Regresó a la cocina, y no fue hasta que regresó comenzó a comer que el olor del pollo despertó de nuevo el apetito de Kam. Su boca comenzó a hacerse agua mientras estaba sentada allí trabajando, y pronto tuvo que encontrar un punto de parada para saciar su hambre voraz.

Comenzó a comer, tomándolo despacio porque no sabía cómo lo manejaría su estómago. La comida más completa que había tenido en años, literalmente, había consistido en sándwiches de desayuno del Jiffy Mart. No podía recordar la última vez que había comido algo que no fuera un croissant o un muffin inglés, y aún menos uno que necesitara de un plato. Hacía calor, y sabía divino. Quería que durara, así que apartó cada pensamiento del presente de su mente, para concentrarse solo comida que tenía en frente.

Josh fingió estar tan absorto en el sustento como ella, pero en realidad la estaba mirando por el rabillo del ojo. ¡Se estaba muriendo de hambre! Ahora que la estaba viendo mejor allí en el departamento, podía notar que su cuerpo era pura piel y huesos. Supuso que los hackers no ganaban un salario regular. La idea le produjo una risa interna.

"¿Qué tal está?". Hablar con ella le dio una excusa para mirarla directamente en lugar de robar miradas.

Terminó su mordisco y se limpió la boca con una servilleta de papel. "Maravilloso". Su sonrisa le quitó el aliento y su corazón dio un vuelco.

"No puedes comer mucho con el salario de un hacker, ¿verdad?". Tan pronto como las palabras salieron de su boca, se arrepintió. 'Hacker' casi parecía una palabra sucia de repente. Ella era demasiado perfecta para un término tan despectivo.

Ella no se inmutó. No, la verdad no. No puedo permitirme mucho". Ella mordió su muslo de pollo, cerrando los ojos mientras masticaba. Realmente estaba disfrutando la comida.

"¿Cómo te metiste en esa línea particular de negocios?". Usó la voz más liviana posible para mantener la atmósfera agradable y generar confianza. Ella no era el tipo de chica que sus padres querían para él, pero ellos estaban en Iowa, y el mundo estaba siendo invadido por alienígenas. ¿A quién le importaba?

Miró hacia afuera de la ventana, aparentemente mirando al exterior que de todos modos no podía ver. "Siempre tuve un don para la tecnología y los ordenadores. La escuela me aburre, y creo que se podría decir que no obtuve mucho de la línea de orientación parental. Me parecía una gran elección como carrera en ese momento, pero después de un tiempo, me encontré inmersa en este mundo un poco más profundo de lo que esperaba. No es el tipo de trabajo al que puedes renunciar cuando estás cansado, ¿sabes?".

"Sí", Él no sabía, pero no quería que la conversación terminara ahora. "Entonces, ¿qué tienes en mente en cuanto a la recopilación de información extraterrestre?".

Fue su turno de estudiarlo. ¿Podría ella confiar en él? ¿Acaso importaba?

"Bueno, no estoy en la mezcla burocrática, pero tampoco soy estúpida. Estoy bastante segura de que el presidente no está diciendo todo al público en general. Por ejemplo, ¿En qué consiste esta 'prueba?', ¿Han avanzado mucho en la construcción de las instalaciones de prueba? Ella hizo una pausa. "No voy a ponerme en línea, caminar hacia un área cerrada y dejar que me encierren sin saber exactamente lo que estoy haciendo allí, y ciertamente no voy a ser conducida como ganado al matadero. Lo que los Opresores consideran la fortaleza humana puede ser lo opuesto a todas las cualidades que poseo, y no dejaré que me quiten la vida porque sienten que no estoy a la altura". Ella recogió su pollo de nuevo y lo mordisqueó.

Josh sonrió ante la ansiedad con que rasgó su comida. Le hizo bien a su corazón. Desde hace tiempo había estado impaciente por tener una buena conversación inteligente con alguien, y ciertamente no le molestaba en absoluto que fuera con Kamryn, un hermoso espécimen femenino.

"¿Quieres más?". Con eso, sus ojos se iluminaron, y ella asintió vigorosamente.

"Yo lo traigo". Se levantó con su plato y caminó hacia la mesa del comedor, donde tomó piezas de pollo, macarrones con queso, papas y otro bizcocho. "¿Tienes otra cerveza?".

Él asintió y la observó mientras ella desaparecía en la cocina. Estaba sentada de nuevo, con su comida y bebida, en solo unos momentos.

Durante los siguientes veinte minutos, comieron en silencio, pero Josh estaba reflexionando sobre pensamientos serios todo el tiempo. Él podría ayudarla. Podría hacer el trabajo mucho más fácil para ella. Trabajaba en el Pentágono y escribía código para el gobierno de los Estados Unidos. Él ya sabía algunas de las respuestas que estaba buscando. Pero, ¿y si el hecho de ayudarla y lo hacia encontrarse en un problema serio? Cuanto más pensaba en eso, menos pensaba que era una posibilidad real. Incluso si se quedaba de brazos cruzados al no hacer nada, ¿cuáles eran las posibilidades de que pudiera pasar la etapa de pruebas que habían esbozado al gobierno?

Finalmente, rompió el silencio. "Kamryn, quiero ayudar. Quiero decir, creo que puedo ayudar".

Ella lo miró y lo estudió detenidamente por un momento. "¿Cómo puedes ayudarme y por qué querrías hacerlo?".

Entonces procedió a decirle a ella lo que hacía para ganarse la vida. No entró en gran detalle en ese punto. Quería asegurarse de que escuchara lo que tenía que decir y lo aceptara. Por lo que sabía, ella le temería, temería su posición. Quería usar sus palabras no solo para convencerla, sino también para tranquilizarla.

Para cuando terminó su discurso, su plato estaba en la mesa al lado de la silla. El vaso de cerveza estaba en su mano, y lo miró intensamente en el silencio.

"Cuéntame más", dijo en voz baja.

CAPÍTULO 6

Andrew Mason salió del baño y se secó las manos con una toalla blanca de felpa. Su mente estaba muy dispersa. Manejar un país era un trabajo sucio, debía admitirlo. Pero como dice el viejo refrán, alguien tiene que hacerlo.

Volvió a entrar en El Despacho Oval para ser recibido por las miradas de algunos de sus mejores secuaces. El Secretario de Defensa, El Jefe del Departamento de Seguridad Nacional, El vicepresidente, ninguno de los cuales le agradaba. Pero necesitaba de todos. Estaba preparado para sonreír y aprobar o vetar las cuentas de ser necesario. Lidiar un poco con todo lo que implicaba ser Presidente de los Estados Unidos.

Mason caminaba alrededor de su escritorio, subió las perneras de sus pantalones de vestir a medida, y se sentó. "Volviendo a nuestro tema, espero liberar los detalles de las pruebas al público la próxima semana. Obviamente, nuestra preocupación es que provocará más histeria de la que ya hemos experimentado por parte de la gente. Los Opresores realmente están presionando. Tengo la clara impresión de que consideran que la reacción de la gente y el comportamiento violento que demuestran son resultados 'de prueba', o al menos indicios de ello".

Henry Whitaker, el vicepresidente, habló. "También pienso lo mismo. Después de todo, se matan unos a otros y así los Opresores tienen cada vez menos 'pruebas' para administrar a la gente".

"¡Estas no son pruebas!". Esto vino del jefe de Seguridad Nacional, Miles James. "Nada de esto tiene algo que ver con las pruebas. Tiene que ver con la destrucción de las personas y la moral humana. No nos enojemos mutuamente aquí, caballeros. Esto depende de nosotros. Es importante que hablemos con franqueza si queremos llegar a conclusiones o soluciones sólidas".

Mason respondió: "Tiendo a estar de acuerdo. No hay necesidad de endulzar la verdad detrás de estas puertas".

Carson Wood, el Secretario de Defensa, se puso de pie y expresó su punto de vista. "Creo que debemos calmarnos, sentarnos y revisar las demandas de principio a fin. Esto no es algo que podamos cubrir de una vez y tomar una decisión firme sobre qué camino tomar".

"Carson, estoy completamente de acuerdo. Hablando desde mi punto de vista, tendría que decir que necesito un poco más de cobertura. Palabra final". Mason se sentó pesadamente en su escritorio, dejando escapar un suspiro mientras lo hacía. Pasó su mano por el poco cabello castaño que le quedaba. Acariciando su cuero cabelludo.

Los cuatro hombres se acomodaron con sus archivos antes de que Miles hablara: "El primer comunicado de los Opresores consistió en la presentación. Parecían lo suficientemente cordiales, permitiéndonos saber quiénes eran, de dónde venían y por qué estaban allí".

"Recursos", dijo rotundamente Whitaker.

Miles James respondió, "Exactamente".

"Con esto en mente, y en base al hecho de que ahora hemos sido presentados personalmente, los Opresores comienzan a mostrarnos sus 'demandas'. Sin embargo, no los llaman demandas. "Estipulaciones", creo, es la mejor palabra que tenemos para eso". James echó un vistazo a su archivo, luego dirigió su mirada a los tres hombres antes que él. "¿Quieres cubrir las demandas individuales, una por una?".

El presidente Mason miró al frente por un momento antes de asentir sin comprender y expresar su decisión. "Absolutamente. Cuanto más informado, más preparado", respondió.

Miles respiró profundamente y procedió:

"Los transmitiré a ustedes de la misma manera en que literalmente nos han interpretado a través de nuestro personal capacitado, nuestos intérpretes.

"Número uno: Estamos aquí para mantener las vidas de las personas de nuestra raza a través del uso de una gran cantidad de recursos ubicados en su planeta".

"Número dos: no tenemos interés en la eliminación de su especie por medio de la fuerza. Es nuestro sincero interés permitir que su especie procree y continúe su ciclo de vida, pero de forma limitada y controlada.

"Número tres: los individuos autorizados a continuar la vida de las especies se determinarán de acuerdo a su fuerza en todos los aspectos de las vidas que hemos observado. Esto incluye inteligencia, valores morales, razonamiento, determinación y fortaleza física.

"Número cuatro: las pruebas que se han preparado para usted se incrementan de acuerdo con estas fortalezas. Cada fortaleza se probará según lo que se considere necesario para determinar las personas más ideales que exhiban las combinaciones más altas de las fortalezas.

"Número cinco: aquellos que no consideremos adecuados, una vez que se completen las pruebas, serán exterminados.

"Esta fue la segunda parte del comunicado que nos entregaron los Opresores". Miles James mantuvo la vista en su carpeta, cerrándola y manteniendo el dedo índice en el lugar que había dejado.

Todos los hombres en la sala se detuvieron a considerar los términos antes expuestos, dejando que las palabras que James acababa de pronunciar se desvanecieran. Esto era vital para tomar la decisión correcta y más conveniente para la población de los Estados Unidos y, esencialmente, del mundo.

Después de lo que parecieron horas, Andrew Mason levantó la cabeza. "Desde lo que acabamos de revisar, desde nuestra posición actual, ¿qué piensan ustedes?".

Al principio hubo un silencio rotundo. Ninguno de los hombres hizo contacto visual entre sí, y la tensión en la oficina era tangible. Independientemente de cuántas veces cubrieran esta información, nunca pareció ser más fácil de digerir.

Carson Wood se aclaró la garganta y se movió un poco incómodo en su silla. "¿Qué podemos pensar? Continuemos y analicemos cualquier idea nueva cuando hayamos terminado. Hasta ahora, a ninguno de nosotros se nos ha ocurrido ninguna idea innovadora, algo que hiciera alguna diferencia. Solo continúa".

Miles continuó. "Los Opresores nos han dado instrucciones claras sobre las áreas que albergarán las instalaciones de prueba. Aquí en los Estados Unidos esto incluye Chicago, Illinois; Nome, Alaska; Washington D.C.; Seattle, Washington; San Antonio, Texas; Sacramento, California; Honolulu, Hawaii; Miami, Florida; y finalmente, Denver, Colorado. Nueve instalaciones en total, y cada una tomará participantes de prueba de un área preestablecida para la cual la instalación funciona como centro. Inicialmente creímos que exigían la construcción de seis instalaciones, y lo hicimos saber a la gente; sin embargo, este número fue incorrecto, y nuestros intérpretes hicieron la distinción a medida que se entraron más en sintonía con el 'idioma' hablado por los Opresores. Como sabemos, solo hay seis naves enemigas en el espacio aéreo estadounidense". Finalmente levantó la vista de su portapapeles, el cual era realmente inútil para él. Había prácticamente memorizado estos documentos en los últimos días.

Era el turno de Whitaker para hablar. "Encarguémonos de cómo las personas llegarán a sus instalaciones prospectivas, y lo que todos debemos esperar en términos de pruebas".

"Todos iremos a la instalación más cercana a nuestro estado de residencia. Requeriremos que todos se preinscriban de acuerdo con nuestros registros del censo, y cualquier persona que se encuentre desaparecida debe ser buscada, perseguida y llevada a las instalaciones correctas por las autoridades. Si se niegan o pelean, deben ser eliminados". Miles se detuvo lo suficiente para tomar un sorbo de agua de un vaso junto a él. "Las autoridades existentes en todos los niveles deben someterse a prueba al final, ya que son necesarias para cumplir con esta parte de las demandas".

El presidente Mason habló. "Las pruebas en sí mismas consisten en pruebas de resistencia individuales. Ante todo, se harán pruebas como las intelectuales y escolásticas. Otras, como la fuerza y la supervivencia, serán de naturaleza física. Las pruebas de valentía y habilidad de lucha en realidad consistirán en situaciones de combate entre los candidatos".

"Lo único que realmente no está claro es lo que los Opresores consideran 'pasar'. Hemos tratado de aclarar este punto con ellos. ¿Se le otorgará a los más inteligentes y más fuertes un lugar en el nuevo planeta? ¿O serán los más débiles, o los que representen menor amenaza para los alienígenas y su agenda? Estas preguntas han sido ignoradas por los Opresores hasta este punto", dijo Miles James. Estas palabras provocaron otro tramo de silencio cuando los hombres contemplaron los hechos una vez más.

Finalmente, Henry Whitaker habló. "Si nos dieran una respuesta a esa pregunta, causaría aún más pandemónium de la que ya tenemos. Aquellos que son medio inteligentes, fuertes o exitosos lo saben. ¿Qué significaría eso para el mundo en las próximas semanas? El débil correrá y se esconderá, y el suicidio en masa probablemente sería el resultado. Ciertamente parece una situación sin salida. A menos que, por supuesto, ataquemos".

Esta observación se había expresado innumerables veces, pero las naves de los Opresores eran enormes, y no se comparaba nada en la Tierra cuando se trataba de decidir qué se usaría para combatir a estos enemigos invisibles.

Los cuatro hombres simplemente asintieron con la cabeza y continuaron considerando los hechos.

Finalmente, Andrew Mason habló, rompiendo el silencio. "Empecemos desde el principio, Miles".

R.W.K. Clark

CAPÍTULO 7

Josh Nichols caminó desde el elevador a su oficina la mañana después de encontrarse (y alimentar) a Kamryn Reynolds. No llegó a la oficina ayer por la tarde como estaba previsto. Por el contrario, él y Kamryn se habían sentado a conversar hasta altas horas de la noche. Había puesto una gran cantidad de información clasificada sobre la mesa, incluyendo facilidades y pruebas específicas de las cuales el público en general no tenía idea. Kamryn se había vuelto extremadamente seria durante la duración de su conversación, incluso presentándole una teoría que no había considerado: ¿qué pasaría si los débiles o estúpidos fueran los únicos en pasar?

La sola idea de esto era petrificante, y desde ese momento llevaba una sensación enfermiza y pesada en la boca del estómago. ¿Qué pasaría si eso fuera así? Acababa de dar por hecho que a los mejores se les otorgaría el derecho a existir, pero el argumento de ella había sido sólido. Los Opresores querrían asegurarse de que su misión fuera un éxito, y ¿qué mejor manera de hacerlo que matar a los más fuertes e inteligentes del planeta?

Ella también le había preguntado sobre cualquier plan para defenderse. Josh sabía que no había ninguno, y no porque no quisieran. Simplemente no tenían idea de cómo hacerlo. Mientras los poderes fácticos trabajaban constantemente para encontrar una solución a este problema, descubrieron que su limitado conocimiento de los propios Opresores, así como de sus naves flotantes, les impedía mucho. Al principio, cuando las naves llegaron por primera vez, los militares realmente habían intentado atacar, pero el insignificante avión que se usaba no podía administrar el poder necesario para hacer nada más que revelar campos de fuerza invisibles alrededor de todas y cada una de las naves de los Opresores. Esto hanía conllevado al estancamiento en el que todos vivían.

Kamryn había ideado un plan en una escala muy pequeña. Quería intentar entrar en las 'computadoras' que estaban en las naves, si eso era lo que realmente eran. Por lo que Josh sabía, esas cosas eran operadas por el control mental. No tenían idea de lo avanzados que eran estos seres, ni siquiera de cómo se veían. Kamryn había insistido en que este era el siguiente paso lógico. Ella le pidió, no, le rogó a Josh que continuara dándole cualquier información, sin importar cuán aparentemente carente de importancia fuera. Cualquier cosa en la que pudieran poner atención. Él acepto. Después de todo, parecía que al final no iba a importar, aun así no quería dejar de contribuir en lo que pudiera.

Entró en su oficina y se dejó caer en su escritorio, arrancando su sistema. Se conectó para proceder a trabajar, y abrió el cajón de archivos del escritorio para sacar el código en el que estaba trabajando cuando se fue a su casa hace dos días. Hubo un fuerte golpe en su puerta, y Gladys Emerson, una de las numerosas secretarias de su unidad, entró.

"Buenos días, Josh. Peter Wells quería que te contactara tan pronto como entraras. Dijo que pusieras en segundo plano cualquier trabajo en el que estés enfocando. Esto tiene prioridad". Peter Wells era el jefe de toda la unidad, pero ante todo, estaba involucrado en la seguridad del internet del país.

"¿Qué pasa, Gladys? ¿Alguna idea?".

Ella solo sacudió la cabeza. "Por supuesto que no. Soy solo un peón a su alrededor, Josh. Tú lo sabes". Sonrió sombríamente, asintió y salió de la oficina.

Ella le había entregado un gran sobre amarillo, marcado 'Clasificado', por supuesto. Era muy pesado y muy grueso. Se estaba preparando para romper el sello cuando el intercomunicador de su teléfono sonó fuertemente, haciéndolo casi saltar de su silla.

"Josh, habla Pete Wells. ¿Gladys te entregó un sobre esta mañana?".

"Sí, lo hizo. Se acaba de ir. Me estaba preparando para echarle un vistazo y comenzar".

Peter respondió: "Céntrate en eso. Tráelo a mi oficina y tengamos una reunión. ¿Nos vemos en cinco minutos?". El intercomunicador se apagó de inmediato.

A Josh le encantaba la brusquedad exhibida por los que estaban a cargo. Su cabeza estaba tambaleándose. Nunca había tenido un 'encuentro', o incluso se topó antes con Peter Wells en los pasillos. Esto era realmente serio. Josh era simplemente un humilde escritor de código, el más joven de todos en el departamento. Se sentía como si estuviera a un paso de Gladys, el Peón.

Cogió un bolígrafo de la taza de su escritorio, una libreta nueva, y con el sobre en la mano, se dirigió al ascensor. Sintió mariposas en el estómago, como si su futuro profesional dependiera de esta reunión, pero sabía que era una tontería. Estaba bastante seguro de que no recibiría un ascenso pronto. Es posible que ni siquiera tenga una vida.

Llegó a la oficina de Wells y le dijo a la secretaria que estaba allí.

"Lo está esperando. Ni siquiera le invitaré a sentarse. Sígame, señor Nichols". Era bonita y tenía curvas, un largo cabello rubio y demasiado maquillaje, pero su trasero podía llamar la atención hasta de un ciego. Él disfrutaba de las vistas, pero ella no era su tipo. Prefería dejar el plástico a Barbie y Ken.

"Señor Wells, señor Nichols". Mantuvo la puerta abierta y se hizo a un lado para que Josh pudiera entrar. Sonrió y cerró la puerta con fuerza cuando se fue.

"Toma asiento, Josh. Tenemos mucho que cubrir y muy poco tiempo. Necesitamos que comiences". Josh tomó una silla directamente frente a Wells, y colocó sus cosas en una pequeña mesa al lado.

"Como sabes, las instalaciones de prueba se están trabajando con diligencia, y se espera que las pruebas comiencen en unas pocas semanas. Te fuiste ayer, por lo que puedes no ser consciente de que el presidente Mason y su grupo se reunieron extensamente ayer para elegir entre los más capacitados sobre cualquier curso de acción que potencialmente pudiera salvar a la humanidad. Tienen algunas ideas que requieren tu experiencia, incluso si se van a considerar. Quiero que sepas que eres nuestro mejor escritor de códigos, y creemos que tu educación y experiencia serán útiles. Lo primero que debe saber es que los Opresores pondrán un pie en la Tierra en algún momento durante las próximas semanas para inspeccionar las instalaciones. Nos han informado que quieren que se hagan antes de la fecha límite indicada anteriormente. Parecen ponerse un poco nerviosos. También nos han hecho conscientes de que ayudarán a lo que ellos se refieren como el proceso de 'pastoreo'.

Dejó de hablar para dejar que la información se asimilara. Lo hizo, y fue horrible. Ahora, todo esto parecía mucho más real que nunca. De hecho, esto realmente estaba sucediendo.

"¿No podemos simplemente atacar cuando salen de las naves?". Para Josh, esta parecía ser la solución obvia.

Wells negó con la cabeza. "No es tan simple. Por un lado, no tenemos idea de cuántos hay a bordo de cada nave. No sabemos sobre sus armas, su apariencia física, nada. No tenemos idea de qué son capaces moral o tecnológicamente.

"Lo que necesitamos que hagas es familiarizarte con el material en el paquete. Necesitamos un código muy específico. Lo que seas capaz de producir nos hará triunfar o fracasar respecto a familiarizarnos tanto como sea posible con quiénes y con qué estamos realmente tratando, incluido su oficio". Esto comenzaba a parecerse mucho a las ideas que Kamryn había puesto sobre la mesa, menos el 'pirateo' real, por supuesto. Pero eso es a lo que se reduce.

"Hemos tenido innumerables hombres y mujeres intentando lo que te pedimos que hagas, sin ningún resultado. Esperamos que puedas producir. Tenemos solo un par de semanas, tal vez menos si cambian de opinión acerca de la línea de tiempo nuevamente". Entonces finalmente dijo la palabra. "Incluso tenemos hackers de primera línea, los mejores". Están haciendo poco o ningún progreso".

Los ojos de Josh se agrandaron. "No soy un hacker, Señor Wells. ¡Ni siquiera sabría por dónde empezar!". No hay nada como fallar antes de siquiera comenzar.

"No hay mejor momento que el presente, Josh", dijo Wells con gravedad.

Josh se miró las manos, apenas notando el severo temblor. Él ni siquiera sabría por dónde empezar. Tenía a Kamryn, por supuesto, pero nunca sería capaz de llevar los documentos clasificados a casa para que ella los estudiara. Estaba perdido.

De repente, habló. "Conozco a alguien".

"¿Qué quieres decir con que conoces a alguien?", Josh tenía toda la atención de Wells.

Él respiró hondo y reunió su coraje. ¿Realmente importaba si se metía en problemas? Quizás no, pero no podía meter a Kamryn en problemas. Se iría con cuidado. "Conozco a un hacker. Alguien que lo ha estado haciendo profesionalmente. Por muchos años".

"¿Qué tipo de educación y antecedentes tiene esta persona? ¿Cómo sabes que es bueno? Josh pudo detectar un poco de desesperación en su voz. Probablemente no tenía la intención de que lo oyeran, pero Josh corrió con el riesgo de todos modos.

"Les diré que este individuo tiene una amplia experiencia y sus habilidades son impresionantes". Realmente no tenía idea de cuán impresionantes eran las habilidades de Kamryn, pero esta era la oportunidad perfecta para que ella pusiera las manos sobre la información que quería, todo mientras se concentraba en su plan personal, que parecía estar directamente en línea con el de ellos.

Wells consideró sus palabras por un momento y luego preguntó: "¿Qué estás haciendo trabajando para el gobierno y teniendo asociaciones con un individuo así? Demonios, ni siquiera eso importa en este momento, ¿cierto?".

Josh negó con la cabeza en respuesta. —No realmente

Peter Wells pensó por unos segundos más, mirando fijamente una serie de bolas de plata oscilantes y perpetuas en su escritorio. Miró a Josh a los ojos. Te diré algo. Lleva el paquete a tu oficina y comienza a darle un buen repaso. Voy a llamar a mi gente de inmediato. En este punto, estamos todos listos para llegar a cualquier extremo con la esperanza de que funcione. Necesitamos llegar a algo". Volvió a mirar las bolas de plata y luego a Josh. "No te pongas demasiado cómodo. Probablemente te vuelva a llamar aquí muy pronto. No conozco a esta persona, o si es buena, pero el hecho es que no tenemos nada que perder".

"No hay problema. Haré bien en esto y tendré una idea de lo que necesitas que haga. Estaré esperando tu llamada". Josh se levantó de su silla y recogió el sobre, el bloc y el bolígrafo. Wells también se levantó, rodeó el escritorio para llevarlo a la puerta.

"Gracias, Nichols. Hablaremos pronto". Guió a Josh fuera de su oficina con una mano sobre su codo, cerrando la puerta suavemente detrás de él.

De vuelta en su oficina, se sentó en su escritorio, mirando incrédulo la pared en blanco frente a él. Quería llamar a Kamryn, pero decidió esperar hasta que Wells lo llamara. Después de unos diez minutos de pensamientos descontrolados, levantó el sobre, rompió el sello y comenzó a leer.

Cuarenta y cinco minutos pasaron volando antes de que Josh levantara la vista de la pila que tenía delante. Dejó escapar un aliento extenso. Sabían mucho más de lo que decían. Por supuesto que sí. ¿Alguien honestamente esperaba la verdad completa de los partidos que gobiernan al mundo? No, pero el hecho es que la mitad de las cosas que revelaron fueron mentiras. Tenían menos de dos semanas antes de que los Opresores pusieran un pie en el suelo de la tierra. La policía y las autoridades federales iban a comenzar el proceso de 'pastoreo', como lo llamaban los extraterrestres, en poco más de una semana. Wells le mintió sabiendo que pronto sabría la verdad. El único consuelo para todo esto fue el hecho de que, como empleado del gobierno, estaría con algunos de los últimos en el grupo.

Pensó en Kamryn. Tan inteligente, tan hermosa. Kamryn. Ahora parecía más importante que antes darle un lugar aquí. No la conocía en absoluto, pero ciertamente quería hacerlo. Eso no sucedería si...

El timbre en su intercomunicador lo sobresaltó de vuelta a la realidad. "Nichols, habla Wells. Necesito verte en mi oficina de inmediato".

Ni siquiera había terminado de hablar y Josh ya salía por la puerta de su oficina para ver a Wells.

R.W.K. Clark

CAPÍTULO 8

"Gracias por volver aquí tan rápido. Toma asiento, Nichols". Wells hizo un gesto hacia la silla en la que Josh había estado sentado hace menos de una hora.

Se sentó rápidamente, sus ojos pegados a la cara de Peter Wells. Era completamente ilegible, y esto hizo que Josh se sintiera nervioso e inquieto. Ciertamente, no lo habría llamado todo el camino de vuelta a su oficina para darle noticias negativas.

Wells comenzó. "Bueno, esto es algo fuera de lo común para el gobierno de los Estados Unidos, como probablemente ya sepas. Pero también lo son las circunstancias en las que se encuentra el mundo en este momento. Tradicionalmente, no aceptaríamos a nadie como empleado sin una verificación exhaustiva de antecedentes y una capacitación intensiva para el puesto que se está considerando. ¿Has comenzado a leer la información clasificada?".

Josh sintió que la ira subía por su garganta, pero la contuvo y asintió.

"Bueno. Entonces estás empezando a tener una comprensión mucho más firme de la naturaleza nefasta de nuestra situación. Perdón por las 'falsedades' de las que hablé antes. Tuve que andar con cuidado, y ver tus respuestas y expresiones es una parte muy importante de eso. Ahora, en cuanto a tu 'amigo'. Hablé con mi supervisor, y los dos tuvimos una breve pero precisa conferencia telefónica con el presidente Mason y sus hombres. Se sienten más o menos de la misma manera que yo respecto a darle una oportunidad a esta persona: ¿Qué tenemos que perder?".

Josh continuó escuchando y observando sus expresiones. No importaba lo que este hombre le dijera de aquí en adelante. Él nunca creería nada que saliera de su boca otra vez. Todo lo que sabía era que si iban a darle a Kamryn una oportunidad de piratear las naves de los Opresores, él estaría totalmente de acuerdo.

"Entonces, ¿que quieres que haga?", Josh trató de aparentar la calma, pero sabía que Kamryn estaría más que extática ante esta oportunidad.

"Bueno, obviamente es prioridad que traigas a esta persona aquí cuanto antes. Renunciaremos a los procedimientos formales para la contratación, y si tu 'amigo' tiene éxito, podemos considerar mantenerlo después de que haya pasado la crisis. ¿Es un hombre o una mujer?". Wells esperó expectante la respuesta.

"Es una mujer, ha estado haciendo esto durante mucho tiempo. Encontró un poco de problemas en Baltimore recientemente por sus actividades, pero realmente no sé los detalles. Lo que sí sé es que hemos hablado extensamente sobre los Opresores, y ella parece tener un buen plan. Quiere hackear directamente en sus naves, pero necesita tener en sus manos la mayor cantidad de información veraz que sea posible. No puedo decirte los detalles. No los conozco", respondió Josh.

Wells asintió. "Entonces somos su gente". ¿Puedes llamarla y hacer que venga de inmediato? Nos podemos reunir nosotros tres, junto con mi supervisor, y podemos averiguar lo que ella necesita, después de que nos desglose sus ideas, por supuesto".

"Bueno, ella no conduce en este momento, y además está muy nueva en el área". Como dos días apenas, pensó Josh para sí mismo. "Probablemente tendría que ir a buscarla en mi auto".

Wells asintió de nuevo. "Entonces ve. Tan pronto como los dos regresen, traigan la información clasificada que les proporcioné y vengan directamente aquí. Voy a estar esperando. Ah, y llámame desde tu celular cuando estés en el camino de regreso para que pueda tener a Matt Johnson aquí esperando cuando llegues". Buscó alrededor en el cajón de su escritorio, finalmente sacó un bloc de notas medio usado. Anotó algo en una de las hojas, la arrancó y se la ofreció a Josh para que la tomara.

"Mi número de teléfono. Ahora, date prisa. Voy a estar esperando".

Josh se levantó, con nota en mano, y salió por la puerta. Tomó el ascensor hasta su oficina, agarró el sobre y lo guardó en su maletín. Luego se dirigió en línea recta hacia la entrada principal.

Veinte minutos más tarde, estaba sentado en su departamento, dando a Kamryn un resumen rápido de la situación mientras se ataba las zapatillas deportivas y ponía su computadora portátil en la mochila. Sus ojos estaban iluminados por la emoción.

"¡No puedo creer que me hayas puesto literalmente en la puerta!". Estaba sonriendo de oreja a oreja.

Josh negó con la cabeza. "Solo funcionó porque necesitan a alguien que hackee, y ninguno de sus empleados está teniendo éxito". Le entregó el sobre, que había sacado de su maletín al entrar. "Necesitarás comenzar a repasar esto mientras conducimos de regreso. Espero que seas tan buena como dices".

"Nunca dije que era buena, Josh. No tengo que hacerlo. Sé que soy buena".

Él le sonrió. Su confianza era muy sexy y le parecía más hermosa que nunca. Sin embargo, no había tiempo para eso. Es hora de pensar con claridad.

"¿Lista? Necesitamos regresar lo antes posible". Ella asintió rápidamente y lo siguió por la puerta.

Durante el viaje de regreso, Josh telefoneó a Wells y le hizo saber que estaban en camino, y en media hora, estaban de vuelta en el Pentágono, sentados en la oficina de Wells con él, Matt Johnson, y otro hombre que Josh nunca había visto antes.

"Señor Wells, ella es Kamryn Reynolds. Kamryn, el Señor Wells, mi supervisor. Este caballero es Matt Johnson, y no estoy seguro de quién es el señor". Josh hizo un gesto al extraño.

Wells hizo otro gesto raro. "Josh, Kamryn, el señor es Miles James, Director de Seguridad Nacional. Dirigirá el proyecto y actuará directamente en nombre del presidente Mason. Antes de comenzar, ¿puedo ofrecerles algo para beber? Es probable que nos reunamos por un par de horas".

"Me gustaría café, negro, por favor". Kamryn dejó su mochila en el suelo y se sentó en la silla más cercana a ella, al igual que Josh. Los tres hombres se sentaron, Wells presionando el botón de su intercomunicador como solía hacerlo.

"Sharon, necesito una jarra de café y las obras, por favor. Cinco tazas". Soltó el botón antes de que Sharon pudiera responder. "Kamryn, ¿podrías informarnos brevemente sobre lo que haces?".

"Bien", respondió, buscando las palabras más diplomáticas posibles. "Soy hacker".

Bobble Head lo hizo de nuevo. "Sabemos que eres un hacker. Dinos de qué ordenadores, en general, has pirateado. Realmente no hay necesidad de ser específico, y no habrá repercusiones".

Durante los siguientes diez o quince minutos, Kamryn les dio a los hombres una visión general rápida. No solo había pirateado los sistemas de algunos conglomerados corporativos importantes, también había logrado hacer lo mismo con tres universidades conocidas y un par de sistemas gubernamentales. Fueron los sistemas del gobierno los que la atraparon, explicó, ya que había logrado emitir grandes cheques de reembolso. Triunfó tres años consecutivos, obteniendo una gran cantidad de dinero antes de que la atraparan. Josh sintió que la admiración se hinchaba en su pecho.

Las universidades que hackeó fue en trabajos

remunerados para estudiantes ricos que estaban reprobando sus cursos. Los otros, dijo, solo lo hizo por diversión y práctica.

"Se supone que asistiré a una cita en Baltimore el mes próximo en el juzgado federal, pero espero que ustedes puedan hacer que desaparezca, así nos ayudamos mutuamente".

Miles James habló. "Entonces, ¿Qué te hace pensar que realmente puedes violar los sistemas de los Opresores, si es que existen?"

"Sé que existen; descubrí una señal hoy mientras estaba trabajando antes de entrar. Es extraño, pero está allí sin embargo, y si está allí, puedo violarlo. Lo prometo". La expresión de Kamryn era bastante seria. Tenía plena confianza en sí misma y en sus habilidades, y sentía cada palabra que decía. "Me doy cuenta de que estoy lidiando con un marco de tiempo muy limitado, pero dado el conjunto de circunstancias de vida o muerte que tenemos ante nosotros, así como el hecho de que amo lo que hago, dedicaré todo el tiempo que sea necesario hasta que tenga éxito. Josh me dice que tengo poco menos de dos semanas. Creo que soy justo lo que están buscando".

Fue el turno de hablar de Matt Johnson. "¿Ustedes dos nos disculpan mientras hablamos? Pueden quedarse justo afuera de la puerta. Les atenderemos a la brevedad posible".

Como si fuera una señal, Sharon entró a la oficina con el café. "Sharon, estos dos se reunirán contigo en la oficina exterior por un breve momento. Atiéndelos, por favor".

Sharon sonrió con sus labios rojos como la sangre. "Absolutamente. Vengan conmigo por favor".

Josh y Kamryn se sentaron en un sofá de cuero que estaba apoyado contra una pared en la oficina exterior. "¿Qué piensas? ¿Lo hice bien?". Su nerviosismo era mucho más obvio ahora que estaban solos.

"Lo hiciste perfectamente. No creo que se enfoquen en lo 'políticamente correcto' al momento de escogerte. El pasado es pasado, Kam". Josh le ofreció una sonrisa reconfortante. No se trataba de conseguir un buen trabajo. Se trataba de supervivencia.

Solo habían pasado unos minutos antes de que el intercomunicador de Sharon emitiera un zumbido. "Envíalos de vuelta, por favor". Se levantó de su escritorio e hizo un gesto hacia la puerta de la oficina.

"Podemos ir nosotros solos, gracias", le dijo Josh. Entraron en la oficina y tomaron las mismas sillas que antes.

Wells comenzó, "Como has de suponer, estamos ansiosos por ver qué puedes hacer por nosotros. Josh escribirá cualquier código que necesites. He hecho una llamada y mientras hablamos se está preparando una oficina más grande para que ustedes dos la compartan. Josh, tu computadora y todo el escritorio serán reubicados. ¿Las cosas están seguras ahí abajo?".

"Sí. Cerré bien antes de irme a buscarla", respondió.

"Bien. Estarás en el mismo piso, pero te mudarás al viejo espacio de Tom Gray". Josh sonrió. Esa era una oficina tremenda. "La primera orden del día será absorber la mayor cantidad posible de información que les brindemos. Sharon les dará un código para iniciar sesión en el sistema de gobierno, lo hará cuando se vayan. Vayan directamente hacia abajo y pónganse a trabajar revisando la información que ya les hemos proporcionado. Los archivos en la computadora que necesitarán están todos bajo 'Operación Nativa'. Si descubren que necesita algo más, solo pregunten. Dentro de lo razonable, por supuesto".

Kamryn y Josh asintieron. Parecían estar familiarizando con este lugar. Ella miró a Josh. "Estoy lista, cuando digas". Sus ojos estaban en llamas, y él apenas podía contenerse.

"Listo", dijo. Se levantaron y se dirigieron a la puerta.

"Sharon, voy a necesitar información de inicio de sesión e identificación para Kamryn Reynolds. ¿Eso es con una 'C', Kamryn?", Wells la miraba expectante cuando se volvió hacia él.

"No. K-A-M-R-Y-N. Reynolds es solo Reynolds". Ambos esperaron hasta que les indicara que se fueran.

"Y Kamryn, gracias por servir a tu país... o al mundo, debería decir". Miles James parecía muy serio.

Kam respondió: "No, gracias. Nada me complacerá más que deshacernos de los Opresores. Nada".

Antes de dirigirse a la nueva oficina, Josh y Kamryn se detuvieron en su pequeña y antigua oficina. Josh agarró el bloc y el mismo bolígrafo que tenía esa mañana, y cuando se iban al nuevo espacio, los trabajadores que los estaban moviendo ingresaron.

"Estaremos en la nueva oficina", les dijo Josh.

En minutos, se encontraron sentados, Kamryn en el escritorio provisto para su uso, y Josh en el piso, con las piernas cruzadas. Sacó el archivo clasificado de su mochila y comenzó a revisar, usando la libreta que Josh traía para tomar notas. En cinco minutos llegaron su escritorio, su silla y sus archivos, y pudo ponerse cómodo mientras preparaban su computadora. Ella no pudo iniciar sesión por su cuenta hasta que recibió sus credenciales.

Empezaron a revisar el archivo clasificado, página por página, alrededor de las diez de la mañana, y cuando Kamryn obtuvo su código de acceso y otras credenciales, había salido brevemente con Sharon para que le tomaran una foto. Eran casi las tres de la tarde. Josh fue a almorzar, dejándola allí para seguir trabajando.

Las cosas que aprendió solo de los documentos fueron suficientes para que la sangre se le enfriara. Ella descubrió que los Opresores no solo habían establecido demandas estrictas sobre la gente de la Tierra, sino que también amenazaban la destrucción completa de todo el planeta y todos sus habitantes de una sola vez si sus demandas no se cumplían a la perfección. Además de tomar el control por el bien de los recursos del mundo, tenían la intención de establecerse aquí. Afirmaron que cada nave que había llegado tenía el número completo de su gente.

El planeta de donde venían fue devastado como resultado directo de sus actividades destructivas, no hay una sola alma viviente que permanezca en él. El planeta al que ofrecieron reubicar a la gente de la Tierra, poseía lo suficiente en términos de atmósfera, así como recursos mínimos, para mantener la vida, pero solo para una fracción de los que vivían aquí.

¿Por qué no acaban con nosotros? Se preguntó esto a sí misma, no pasó demasiado tiempo cuando encontró con la respuesta. No se consideraban ladrones y asesinos a sangre fría. De hecho, se enorgullecían de lo que consideraban un alto nivel de misericordia. Parecían, por lo que leyó, realmente creer esto sobre ellos mismos.

Kamryn llegó a una conclusión fría y dura: Matar o morir. Era tan simple como eso.

Pondrían pie en tierra firme en poco menos de dos semanas. Este hecho no la asustaba. Ella creía en sí misma y aunque no creía en nada de lo que decían los funcionarios gubernamentales, sí creía que todos y cada uno de ellos deseaban vivir. Este era un hecho que estaba a su favor. Harían lo que fuera necesario para ayudar, especialmente si Kamryn promete mostrar un progreso importante.

Kamryn no pudo encontrar en el archivo ninguna información valiosa respecto a las naves de los Opresores o el método de cálculo. Los tipos de arriba le habían dicho que tenían hackers trabajando todo el día. ¿Qué estaban haciendo los muy idiotas? Ella había descubierto una señal no identificada desde la comodidad del departamento de Josh. Esto no tenía sentido, y concluyó que la estaban probando para descubrir cuáles eran sus habilidades. Mentiras; siempre mentiras.

Josh regresó con dos ensaladas verdes y una serie de aderezos envasados, así como con dos tés helados. Kamryn ya había iniciado sesión en su computadora usando su código de acceso, y ya había abierto el archivo Project Native. Su objetivo principal era ubicar todo lo que pudiera y estudiar el sistema informático que utilizan las naves.

No tenía que buscar demasiado. De hecho, el gobierno sabía que usaban un método avanzado de computación y creían que los mecanismos de las naves dependían de él. El problema nunca fue no saber, porque lo sabían. Un hacker brillante había descubierto esto desde el principio. El problema real era resolverlo, y esto había demostrado ser el mayor obstáculo para cada 'genio' informático de la liga que el gobierno había asignado para hacer el trabajo.

"Toma un descanso, Kamryn. Dale un bocado rápido a la comida que traje", sugirió Josh. De repente, su boca se hizo agua, y se volteó a regañadientes de su pantalla.

Eligió el aderezo Ranch, y mientras lo sacaba del envase, habló en voz baja. "Ellos han sabido acerca de las computadoras de las naves todo este tiempo. Solo golpean una pared de ladrillos. Los muy tontos no podrían ir más allá".

Dejó que eso se asimilara mientras tomaba un fuerte bocado de su ensalada y lo masticaba, mirándole la cara para leer sus expresiones.

"¿Qué quieres decir con que lo sabían?".

Ella asintió. "Lo sabían desde casi el principio. No voy a enfadarme por eso. Voy a dar con la respuesta". Estaba calmada y confiada, y esto lo ayudó a sentirse de la misma manera.

"Entonces eso es exactamente lo que debes hacer", respondió Josh.

CAPÍTULO 9

Durante los siguientes trece días, las cosas comenzaron a cambiar rápidamente. Kamryn logró progresar rápidamente identificando el lenguaje del sistema utilizado por los Opresores. Era digital y, aunque era un lenguaje extraño, pudo aprender y adaptarse fácilmente, lo que le permitió mostrar el progreso a las autoridades cuando se le preguntó. Josh se ocupó de escribir cualquier código que necesitara, y para el momento en que habían estado allí, diez días, estaba segura de que sabía lo suficiente para los que estaban arriba y en la Casa Blanca, de esta manera podrían comenzar a formular un plan de acción sólido.

Ella tenía uno propio. Quería desactivar todas las armas que tenían, así como los campos de fuerza alrededor de las naves, lo que permitiría a los militares atacar con eficacia. Matenía constantes notas de todas estas cosas y las informaba diligentemente, junto con cualquier otra idea que tuvieran.

Fiel a su forma, los Opresores pusieron un pie en la Tierra un día completo antes de lo previsto. Fue algo horrible de presenciar, y el caos se había desatado una vez más en todo el mundo. Como esperaban, estaba segura. La difusión del pánico parecía ser su arma favorita.

El día antes de que aparecieran, el presidente Mason pronunció un discurso sobre el Estado de la Unión para informar a las personas sobre la intención de los Opresores de revelarse un día antes. Empezarían el proceso de pastoreo después de dirigirse al mundo. Cómo se haría esto, aun era una incógnita.

El miedo y la histeria eran factores motivadores en este momento, el mayor temor se basaba en la apariencia tentativa y el posible nivel de agresión de los extraterrestres desconocidos. Se produjeron innumerables suicidios, tantos cuerpos literalmente desparramados, y varias personas parecían simplemente desaparecer de la faz de la tierra. Se presume que se escondían.

Antes de la 'revelación' de los Opresores, se realizó una reunión que incluyó la asistencia de Kamryn y Josh, así como del equipo del presidente, Peter Wells, y su propio supervisor, Matt Johnson. Debido al progreso que estaban haciendo los dos con respecto a la interpretación del sistema informático de las naves, y las revelaciones adicionales que estaban sacando a la luz en términos de cómo los Opresores sabían tanto sobre la vida humana en la Tierra, el equipo de descubrimiento Proyecto Nativo ahora consistía solo en ellos.

"Josh, Kamryn. Ahora estamos más o menos en La Hora Cero, como bien saben. Mientras que los Opresores nos han dicho que aquellos en posiciones autoritarias y gubernamentales específicas serían los últimos en ser pastorados, también nos damos cuenta de su capacidad de engaño. Es más importante ahora que nunca que su enfoque se mantenga constante al hecho de derribar las defensas de sus naves". Este era el presidente Mason, y aunque mantenía una fachada tranquila, la expresión de sus ojos hablaba mucho más sobre el miedo que sentía. "Necesitamos que permanezcan aquí en todo momento, trabajando de manera constante hacia el logro de este objetivo".

Josh respondió: "Bueno, debes saber que estamos preparados para eso, y lo hemos estado haciendo". Desde que estamos aquí el noventa y nueve por ciento de las veces, nos hemos duchado y vestido en las instalaciones del gimnasio. Bajar el ritmo no ha sido una opción aceptable en ningún momento".

Kamryn intervino, "Estamos más cerca que nunca de descifrar el código que usan para controlar las naves, y como saben, también hemos descubierto algunos de los métodos que han usado para piratear nuestros sistemas. Estos métodos son los que les han permitido obtener la educación profunda que necesitaban sobre los seres humanos, les permitió además atraparnos repentinamente y mantenernos bajo control".

"Cuéntame un poco más sobre esto. Entendí que tenías más información sobre cómo fueron capaces de ganar entendimiento con respecto a la Tierra y a los humanos, pero necesito un conocimiento más firme de lo que sabes", dijo el presidente Mason.

Kamryn procedió a llenar los vacíos del

Comandante en Jefe. Los Opresores no solo obtuvieron acceso gratuito a todos los datos del planeta a través de las computadoras, sino que también parecían tener algún tipo de habilidad, a través de su sistema, para rastrear lo que las personas estaban haciendo y diciendo en el momento en que se realizaba. Hizo hincapié en la importancia de mantener las palabras en un mínimo, explicando que Josh y ella habían desarrollado un método de comunicación que probablemente había dado un giro en sus obras.

"Eliminar las palabras obvias; usar más gestos. Mantener las cosas al mínimo", hizo contacto visual con cada hombre en la sala, de uno en uno mientras hablaba. "La razón por la cual el progreso ha sido tan lento para nosotros, creo, es que han estado trabajando sin descanso todo el tiempo. Esto les permitió cambiar las cosas a su antojo, y esto es precisamente lo que han hecho". Se detuvo allí.

Todos asintieron. Carson Wood, el Secretario de Defensa, habló. "Deberíamos recurrir a...", procedió a fingir que escribía en un bloc inexistente con una pluma invisible.

"Si la conversación se aplica a nuestros planes, absolutamente". Ella necesitaba que entendieran que los Opresores sabían más de lo que los humanos entendían. Era firme en esta creencia.

Los Opresores debían salir de sus naves a las ocho en punto de la Hora del Este a la mañana siguiente. Josh sabía que él y Kamryn tenían mucho trabajo por hacer en preparación para esto, el primer elemento consistía en cerrar su capacidad de entrar en los sistemas de la Tierra. Había construido un firewall muy poderoso con la esperanza de proteger las actividades de piratería de Kamryn de la detección. Hasta ahora parecía funcionar, pero no sabían si duraría, o si realmente funcionaba. No parecían tener la victoria de su lado, así que cada segundo que tenían era vital para la misión.

Cuando la reunión terminó, Josh y Kam volvieron a su oficina. Subieron al ascensor en silencio, pero Josh tenía su mirada en ella todo el tiempo. Sabía que estaba enamorado de ella; ¿Cómo podría no estarlo? Era hermosa, inteligente, y en sus ojos, una experta. Lo que ella estaba haciendo no solo era admirable, era asombroso, estaba haciendo un gran trabajo.

Llegaron a la oficina y se dedicaron directamente a sus asuntos, manteniendo la conversación al mínimo. Durante las siguientes dos horas, se centró en los sistemas de defensa y ofensiva de las naves. Estaba segura de que no solo poseían armas destinadas a matar a un individuo de una vez, por lo que podía ver, cada nave tenía un arma tipo 'misil'. A pesar de que se le hacía difícil comprender su poder, estaba segura de un solo tiro podría eliminar por completo cada una de las ciudades donde las naves se posaron, si era necesario. Esto significaría la destrucción del planeta y de todos sus habitantes si se usaran juntos. Necesitaban andar con sumo cuidado.

Una vez que pudo descifrar esta noticia, la escribió en papel para Josh. A medida que leía, sus ojos se agrandaron cada vez más. Cuando terminó, la miró y simplemente asintió. Él no iba a decir ni una palabra.

Sabía que lo primordial era cerrar por completo sus sistemas, lo que haría que todas las armas y campos fuesen impotentes, y eso es lo que le escribió a continuación. Volviendo a la computadora, comenzó a trabajar tratando de encontrar el mejor plan de ciberataque para el trabajo.

A las once de la mañana, hizo un gran avance. Fue capaz de identificar realmente el punto de origen de su señal de computadora. Si bien no podía especificar exactamente de dónde venía, ahora sabía con certeza que estaba allí. Podría ser justo lo que estaban buscando. Bloquear esto de alguna manera les daría la ventaja que necesitaban tan desesperadamente. La pregunta era ¿cómo?

Cuando descubrió esto, Josh estaba buscando el almuerzo para los dos. Ella quería decírselo, y comenzó a pasearse nerviosamente por el piso, pensando mucho en la nueva información, hasta que él regresó. Este era exactamente el tipo de trabajo que él necesitaba.

A las once y veinticinco Josh entró a la oficina con comida y bebida en mano. Kam dejó de pasearse y lo miró con una amplia sonrisa en su rostro.

"¿Qué?", preguntó.

Ella eligió sus palabras cuidadosamente. "Encontré algo grande".

Parecía confundido, pero ella se llevó el dedo a los labios en un gesto de silencio. Le hizo un gesto para que se acercara a su escritorio. Dejó la comida y se sentó en su silla, rodando hasta que estuvo a su lado. Escribió, lo más brevemente posible, lo que había encontrado, y ambos se levantaron, saltando arriba y abajo, con los brazos en el aire, hasta que sus acciones culminaron en un gran abrazo.

Podía oler su piel y su cabello, y de repente fue golpeada con la realidad de sus sentimientos por este hombre. Desde el principio le había parecido bastante apuesto, pero su olor ahora la incitaba a ser consciente de los contornos de su cuerpo, la tensión de sus músculos, e inconscientemente se encontró presionando su cuerpo contra el de él.

Ambos se separaron bruscamente, sonrojándose y nerviosos. Sabía que tenía el rostro enrojecido y manteniendo los ojos en el suelo, dijo: "Necesitamos ver a Wells de inmediato".

"Subamos", respondió. Agarró el bloc y el bolígrafo, e hizo lo mismo con otra libreta legal de su escritorio. Mientras salían de la oficina, él tomó su mano. Ella lo miró a los ojos y sonrió tímidamente.

Sin duda quería otro de esos abrazos, y mucho, mucho más.

CAPÍTULO 10

Wells salió a almorzar, así que decidieron esperarlo. Realmente no podían continuar sin darle un aviso y obtener su opinión. Tendría que hablar de algún modo con el equipo del presidente Mason y descubrir cómo querían que ella y Josh siguieran adelante. Las cosas tendrían que estar alineadas si querían tratar de cerrar la señal alienígena. Sería inútil cerrarlo sin tener un plan de ataque establecido.

Peter Wells regresó a la una y media, y ver las miradas en sus caras mientras estaban sentados en el sofá de cuero fue suficiente para él.

"Adelante", dijo, se levantaron de un salto y lo siguieron a su santuario.

Tan pronto como estuvieron sentados, Kamryn se llevó el dedo a los labios, un gesto que se estaba convirtiendo en un signo demasiado familiar para indicar la discreción verbal. Wells asintió, sosteniendo sus ojos mientras lo hacía. Le entregó el mismo pedazo de papel sobre el escritorio que había escrito para Josh y le explicó lo que había encontrado.

Lo leyó en silencio. Cuando terminó, la miró, sus ojos saltaban de emoción.

"¿Y?", preguntó.

Puso su pluma y papel, escribiendo, "Tenemos que consultar con los otros poderes. Necesitamos determinar un método de bloqueo de señal específico, y tenemos que tener una estrategia de ataque en su lugar. Tengo ideas sobre el bloqueo, pero necesito saber qué recursos tengo a mi disposición para poder desarrollar algo efectivo".

Le pasó la nota a Wells y ambos esperaron con impaciencia que él la leyera. Él los miró, apoyando la barbilla en su puño. Estaba pensando mucho. Finalmente, levantó el teléfono y marcó algunos números. Después de un momento, él habló.

"Matt, Peter aquí. Tenemos que decidir lo antes posible. Bien Tú haces las llamadas. Nos vemos pronto". Colgó el teléfono y se recostó en su silla, con los dedos enlazados detrás de la cabeza. "Buen trabajo, Kamryn".

Ella finalmente habló. "¿Tenemos acceso a un retroproyector de la vieja escuela, por casualidad? Haría que la reunión se desarrollara mucho mejor si lo tuviéramos".

"¡Excelente!". Pulsó el botón del intercomunicador y dijo: "Sharon, contacta a mantenimiento para poner un retroproyector en funcionamiento desde la estadística de almacenamiento".

"Sí, señor".

Josh preguntó: "¿Deberíamos regresar cuando lleguen aquí? Quiero decir, realmente no hay nada que podamos hacer hasta que tengamos órdenes de proceder".

"No no no. Quédate aquí. Haz charlas cortas. Tal vez eso hará... ya sabes... causar una distracción", respondió Wells. "Entonces, ¿qué almorzaron?".

Todos estallaron en carcajadas, principalmente por la tensión, pero también por el alivio. "Para ser sincero, nuestro almuerzo está en mi escritorio en la oficina. Yo acababa de regresar cuando ella compartió sus "buenas noticias", respondió Josh.

"Bueno, no podemos permitir eso. Corre abajo y búscalo. Puedesn comer mientras esperamos Yo almorcé costillas en Morton's; simplemente dinamita, pero probablemente gané cinco libras. Menos mal que así le gusto a mi mujer".

Josh sonrió. "Me muero de hambre, y estoy seguro de que esta chica también. Vuelvo en un minuto". Se levantó y salió de la oficina tranquilamente.

Cuando se fue, Kamryn miró torpemente a Wells. Nunca le había ido muy bien a solas con hombres extraños como con un monitor y un teclado.

"Ustedes dos están haciéndolo muy bien, diría yo". Wells le estaba sonriendo como un padre, una hija a la que había aceptado con mucho gusto.

Sintió que la sangre corría a sus mejillas una vez más. "No lo sé". Tartamudeó, avergonzada por la pregunta.

"No tienes por qué apenarte. Puedo verlo. Si se me permites hablar con libertad, creo que los dos hacen un excelente equipo". Él sonreía levemente en un esfuerzo por hacerla sentir más cómoda. Todos estaban bajo una

presión extrema, y esta joven tenía todo el peso.
"¿Cuántos años tienes, Kamryn?".

Ella respondió: "Veintitrés".

Wells se rió entre dientes, y luego negó con la cabeza, para variar. "Independientemente de todo esto, eres humana. Está bien. Si todo sale bien, te sorprenderá el potencial futuro que tienen ustedes dos".

Ella sonrió de nuevo y se permitió pensar que todo podría funcionar. ¿Cómo sería estar con Josh? Estaba más que temerosa de tener esperanza.

"Sabes, Kamryn, si esto de verdad da resultado, serás una heroína". La miró seriamente. "Contempla el peso de lo que estás haciendo. Es enorme".

Ella asintió y se movió en su asiento. Por supuesto que quería vivir. Saber qué se sentiría tener un futuro. El hecho era que no tenía idea de cómo hacer que ese sueño se hiciera realidad, al menos no todavía.

Josh había vuelto antes de lo que pensaban, y ella se sintió aliviada. Sintió que una sonrisa se dibujaba en su rostro cuando él entró en la oficina, y se complació en el hecho de que los de ella, fueran los primeros ojos que buscaba. Le devolvió la sonrisa.

Estaba tan orgulloso de ella, de lo que estaba haciendo. No podía creer que hubiera tenido la suerte de ser el que casi la golpeara con su automóvil. Quería estar a solas con ella y decirle lo que sentía. Aunque no fuera muy bueno con las palabras.

Los dos comieron mientras Wells hablaba de sus nietos, su esposa y la casa que estaban comprando en los Hamptons. Se le iluminaban los ojos cuando hablaba de la señora Wells o de Pamela, como él la llamaba. Se podía ver que la amaba profundamente, y se inquietaba mucho por el bienestar de su familia en este momento.

Antes de que terminar su comida, los hombres comenzaron a moverse de un lado a otro. El presidente Mason y Carson Wood fueron los primeros. En cuestión de minutos, Matt Johnson hizo lo mismo y segundos después, Henry Whitaker, acompañado por el asustado Miles James, también ingresó.

Wells comenzó. "Caballeros, estamos esperando en un retroproyector". Con ese pensamiento, llamó a Sharon. "¿Dónde está lo que te pedí, Sharon? ¿Qué sucede?".

"Mantenimiento está aquí ahora, señor. Ya van para allá". Sharon sonaba muy tensa.

En diez minutos, se instaló el proyector y una antigua pantalla portátil sobre un trípode, la pantalla extendida hacia arriba.

Uno de los hombres de mantenimiento preguntó: "¿Hay algo más que debamos hacer, señor Wells?".

"Eso será todo, gracias", respondió, luego continuó con los que estaban en la sala cuando los hombres se fueron. "Kamryn necesita hacer una presentación que requiere elementos visuales". Se llevó el dedo a los labios, y todos los hombres asintieron con comprensión. Se volvieron hacia ella.

Kamryn se levantó y sonrió nerviosamente. Todos los ojos estaban puestos en ella, y sus rostros eran severos. "¿Tiene un marcador que pueda usar, señor Wells?". Le pidió a Sharon que trajera uno, y después de un rato, pudo comenzar.

"Tuve una 'revelación', por así decirlo, supongo". Empezó a escribir en la película de plástico del proyector, tomándose el tiempo que necesitaba para asegurarse de no dejar nada importante. Cuando terminó, encendió la luz y arrojó el mensaje a la pantalla. Tomó su asiento.

Después de solo un par de minutos todas las miradas se volvieron hacia ella. El director de Seguridad Nacional, Miles James, fue el primero en hablar. "¿Estás segura de esto, Kamryn?".

"Positivo, señor James", respondió ella. "Simplemente no puedo continuar sin lo siguiente".

Se paró una vez más y puso la película en el proyector hasta que quedó en blanco. Comenzó a escribir. Necesitaba saber qué pensaban, qué recursos tenía a su disposición para bloquear la señal, y necesitaban tener listo un plan de ataque. Escribió que lo que ella utilizaba para bloquear la señal, Josh podría escribir el código para implementar el proceso de manera efectiva. Esencialmente, la pelota estaba en su cancha. Antes de volver a encender la luz, se aseguró de hacerles saber que debía tener cuidado con sus palabras, y también con el silencio. Ella escribió, "Cuidado con lo que dicen", en la parte inferior de la película.

Después de leer este mensaje, Henry Whitaker le pidió papel y bolígrafo a Wells. Sacó cuatro libretas adicionales y cuatro lápices afilados para su uso. La conversación escrita comenzó.

Whitaker: ¿Cómo puedes estar segura de que esta 'señal' es la verdadera?

Kamryn: Absolutamente. He estado haciendo esto por mucho tiempo, y esta es una señal completamente extraña que se envía desde una región del espacio no compatible con ninguno de los satélites de la Tierra. Conozco bien y sus señales.

Wood: ¿Qué tipo de plan tienes en mente?

Kamryn: las naves tienen varias 'armas personales', un campo de fuerza, y una que compararía con un arma de un solo tiro capaz de generar destrucción de tipo nuclear. Aniquilación total, diría yo. Si encontramos una forma de bloquear la señal, haría que los tres equipos, así como las computadoras mismas, fueran impotentes.

Presidente Mason: ¿Tienes alguna idea de cómo hacerlo?

Kamryn: Necesito saber cuáles son nuestros recursos antes de que pueda comenzar a juntarlos de dos en dos, y sería inútil implementar un bloqueo sin un plan de ataque en orden.

Los hombres se miraron el uno al otro, luego Miles James comenzó a escribir en su propia libreta. Se lo pasó a Mason, y se dirigió a todos los hombres a cargo. Finalmente, volvieron con Josh y Kamryn.

Presidente Mason: No hay forma de tener todo esto mañana por la mañana.

Kamryn: No lo creo, pero si somos los últimos en

ser pastorados, no tenemos que preocuparnos por eso. Con los recursos, la planificación y la implementación correcta, podemos hacer esto antes de que se complete la prueba y comience el transporte, no hay problema.

Woods: Es obvio que no podremos evitar por completo el proceso de pastoreo, pero debemos hacer todo lo posible para defendernos y mantener nuestro derecho a la vida y la libertad contra estos intrusos.

Mason: Necesitamos reunirnos en secreto y descubrir el mejor curso de acción. Esto debe hacerse con jefes militares, y tenemos que determinar cómo vamos a bloquear, o incluso a erradicar, la señal de los Opresores. Kamryn y Josh, tómense las próximas dos horas. Dúchense o hagan lo que necesiten hacer. Le consultaremos con atención y le devolveremos la llamada pronto.

Whitaker: Sí. Necesitamos comenzar lo antes posible.

Con eso, Josh y Kamryn se levantaron para irse.

"Gracias, caballero. Hablaremos con usted pronto", afirmó. Tomando a Kamryn por el codo, la guió fuera de la oficina.

Una vez que estuvieron en el ascensor, ella exhaló un suspiro de alivio. "Eso estuvo mejor de lo que había planeado". Pensé que estarían tan dudosos de que no quisieran escuchar".

"Nadie puede acertar sin correr el riesgo". Suena incomprensible, incluso para mí, el hecho de que rastreaste la señal de la forma en que lo hiciste; Estoy tan impresionado, Kamryn". Josh la miró. Ella lo miraba de una manera que simplemente capturó su corazón, sus ojos suaves y llenos de amor.

Él se acercó a ella, y tomando su cara gentilmente en sus manos echó su cabeza hacia atrás, buscando su boca. Sus labios eran suaves y dulces. Sus lenguas se encontraron. Sus brazos lo rodearon, y ella pareció derretirse completamente contra su cuerpo.

La puerta del ascensor se abrió. Se apartó de ella sin mirar hacia arriba, y al darse cuenta de que tenía una erección usó su libreta para cubrirla. Él le sonrió y tomó su mano. Ella le devolvió la sonrisa y envolvió los dedos alrededor de su mano.

Se dirigieron a la oficina, teniendo una pequeña charla en el camino. "Necesito tomar una ducha en las instalaciones del gimnasio antes de volver al trabajo", dijo.

"Yo también. Ojalá tuviera unos jeans limpios, pero parece que vamos a estar despiertos toda la noche de todos modos, con los Opresores saliendo por la mañana. Tengo unos pantalones deportivos limpios, así que eso tendrá que ser lo que use". Entraron en la oficina y ambos agarraron su ropa y con los teléfonos en la mano, se dirigieron al gimnasio y a las duchas.

Veinte minutos después, Kamryn estaba de vuelta en la oficina. Había tomado la camiseta equivocada; la que tomó estaba demasiado sucia como para volverla a usar, así que la volvió a poner donde estaba e iba proceder a ponerse la limpia. Se quitó el sujetador; ya que también necesitaba lavarlo.

De repente, Josh entró a la oficina. Sobresaltada,

Kamryn se giró, cubriéndose con su camiseta. Él la miró y ella reconoció la expresión de sus ojos. Ella no hizo ningún esfuerzo para darse la vuelta y ponerse la camisa. Con los ojos pegados a ella, Josh cerró suavemente la puerta de la oficina y giró la pequeña cerradura de la perilla.

"Kamryn...", Josh no sabía qué decir, pero sus ojos lo decían todo. Ella bajó lentamente la camisa, mostrando sus pechos ante él. Su mirada descendió, sus ojos se iluminaron mientras avanzaban. Ella dejó caer la camiseta al suelo sin siquiera darse cuenta de que lo había hecho.

Josh caminó lentamente hacia ella. Puso una mano en la parte posterior de su cuello y comenzó a besarla suavemente una vez más. Ella respondió a sus labios ansiosamente, casi como si estuviera muriendo de hambre. La mano derecha de Josh encontró su pecho, y con el pulgar acarició su pezón con movimientos circulares. Poniéndole la piel de gallina por todo el cuerpo.

Las manos de ella lo tocaban bajo su camisa, le acariciaba la espalda. Él la bajó al piso para encontrar una posición más cómoda para ambos. Allí yacían, besándose apasionadamente. Se detuvo solo para besar su frente, luego sus mejillas, su barbilla. Bajó por su cuello, tomándose su tiempo y disfrutando de su aroma. Ella dejó escapar un suave suspiro de placer que solo sirvió para conducirlo.

Pronto su boca estaba en su pezón, mordisqueándolo suavemente y lamiéndolo hasta que estuvo duro como una roca. Ella abrió paso entre las piernas de él y lo acarició. Estaba tan duro como sus pezones. Él en segundos apenas pudo contenerse, se puso de rodillas y se sacó la camisa, sin preocuparse por los botones. Ella alcanzó la bragueta de sus vaqueros, sonriéndole.

En cuestión de segundos, los dos estaban completamente desnudos, y se besaron, sus cuerpos se movieron juntos en una pasión mutua sincronizada. Pequeños gemidos escapaban de sus labios, y las caderas de ella comenzaron a moverse y arquearse contra él. Él no podría soportarlo más. En un movimiento ya estaba dentro de ella, haciéndola soltar un pequeño grito de placer.

Pronto se encontraron el uno al otro golpe tras golpe. Las manos de él estaban enredadas en su largo cabello, sus labios pegados a los de ella. Su respiración se hizo más y más pesada, y de repente su cuerpo se puso rígido. Las caderas de ella se arquearon violentamente cuando llegó, lo agarró, empujándolo más profundamente hacia adentro.

Eso fue todo lo que tomó. La sensación de ella, los sonidos que hacía y su olor lo ponían al límite. Gruñó ruidosamente cuando llegó al clímax, penetrándola una y otra vez, hasta que ambos estuvieron agotados. Sus sudores se mezclaron cuando se derrumbó sobre ella.

Se quedaron así unos momentos antes de que Kamryn comenzara a reír. Él levantó la cabeza y la miró a los ojos. "¿Qué es tan gracioso?", preguntó.

"Absolutamente nada. Solo estoy feliz. Es gracioso

que pueda estar tan feliz en un momento como este, ¿no?". Kamryn le sonrió y se sonrojó. "Ojalá hubiera podido conocerte antes de todo esto".

Josh le devolvió la sonrisa. "Entiendo todo lo que acabas de decir. Estoy muy feliz conmigo mismo en este momento. No quiero perder ni un minuto del tiempo que tenemos juntos Kam".

Después de un tiempo, se separaron y se recuperaron. Mientras se vestían, el intercomunicador en el escritorio de Josh zumbó bruscamente.

"Josh, Kamryn, habla Wells", era la voz de su jefe. "Tengo un poco de información que ustedes dos necesitarán. ¿Puedes venir a mi oficina pronto?".

Josh respondió: "Sí señor. Estaremos ahí enseguida".

CAPÍTULO 11

Una vez que se sentaron, Wells comenzó a hablarles.

"Estamos tratando de movernos lo más rápido posible, ya que el tiempo es esencial. Los hombres están armando una estrategia", luego se detuvo y tomó su libreta y bolígrafo. Acercó la silla de su escritorio a los dos y comenzó a escribir. En unos momentos, le tendió el bloc a Josh, que se inclinó hacia Kam para que ella también pudiera leerlo.

Él había escrito: Los hombres están armando un plan de batalla. Dado que la señal proviene del espacio, del otro lado de la nave, no estamos seguros de qué podría usarse para bloquearla, o incluso apagarla por completo. Nuestra falta de ideas y pensamientos es pesada y confusa. Estamos desesperados. ¿Alguna idea?

Cuando terminaron de leer, Josh la miró. Parecía estar mirando al suelo, y no dio señales de dar una respuesta inmediata. Empezó a escribir que buscarían diligentemente una opción, pero de repente ella puso su mano sobre la de él y lo detuvo.

"Confuso...", fue todo lo que dijo por un momento. Wells habló. "¿Qué pasa, Kamryn? ¿Qué te está confundiendo? ¿No entiendes lo que dije?".

"No, no, entiendo tus palabras por completo, pero creo que me acabas de dar la solución, o al menos el comienzo". Ella tomó la libreta y el bolígrafo de las manos de Josh y bajando la cabeza sobre él, comenzó a escribir febrilmente.

Momentáneamente, levantó la vista. Una sonrisa se extendió por su rostro, y dijo: "Creo que lo tengo, muchachos". Le devolvió la libreta a Josh, y los dos hombres la compartieron mientras leían.

Pronto Wells la miró. Josh pronto lo siguió y ambos sonrieron.

"Esto suena factible, Kamryn, incluso para un profano como yo", dijo Wells. "Esto suena genuinamente como algo que se puede hacer de forma realista. ¿Crees que puedes lograrlo?"

Ella asintió con fuerza. "Con Josh haciendo lo suyo por mí, sé que puedo". No estoy segura de cuánto tiempo llevará, pero puedo hacerlo".

Su idea consistía en no bloquear la señal original; más bien, Kamryn quería proporcionar una señal como señuelo. Esta nueva señal se mezclaría con la de ellos mientras daba la apariencia de que todo seguía igual en las naves y sus sistemas. En realidad, Kamryn tendría el control completo, o al menos, el gobierno lo haría. El único obstáculo previsible sería cualquier firewall que estuvieran usando los Opresores, y superarlo sería la tarea más grande. Ciertamente tenían uno, particularmente porque conocían el nivel de tecnología disponible en la Tierra. Básicamente, su plan era infiltrarse en su sistema disfrazando una señal hostil como propia. Ni siquiera sabrían qué los golpeó, y eso le permitiría mantener sus naves en el aire mientras los desarma y deja caer sus campos de fuerza. La mejor parte era que no requeriría nada en cuanto a equipos o recursos. Nada excepto las habilidades y la experiencia que ella y Josh ya poseían.

Wells comenzó, "Ustedes dos vuelvan a trabajar. Voy a contactar a los chicos. Mejor aún, los llamaré y les haré saber que estoy bajando para hablarles en persona. Los tres vamos a estar aquí por un tiempo, así que me pondré en contacto con ustedes periódicamente para verificar el progreso del proyecto. ¿Suena bien?".

Ambos asintieron y se levantaron de su silla. Wells hizo lo mismo, extendiendo su mano para sacudir la de ellos antes de llevarlos a la puerta de su oficina y verlos salir. Él la cerró tras su salida.

De vuelta en su oficina, comenzaron a trabajar de inmediato. Al escribir, Kamryn le dijo a Josh cuál sería su trabajo: usando su conocimiento actual del idioma de los Opresores, necesitaría que escribiera un código que la ayudaría a visualizar la señal digital que usaba su sistema. Tenía que entenderlo por dentro y por fuera si iban a desarrollar un señuelo convincente y efectivo. Hasta no tener eso terminado, ella no tiene poder. No sería bueno comenzar el proceso de hackeo hasta que tuviera el código completo, entonces ahí podría ayudarlo en el desarrollo de la nueva 'señal'.

Él ya estaba en eso, convencido de que sabía cómo

hacer la tarea que le había encomendado. "Te diré algo, ve a buscarnos algo de comida y un par de bebidas y yo comenzaré. Una vez que esto esté completo, obtendrás los honores de hacer todo el recorrido". Él sonrió y le guiñó un ojo.

"Absolutamente. ¿Alguna preferencia por alguna comida y bebida en particular? Lo besó suave y cariñosamente en los labios, y cuando se apartó, él simplemente negó con la cabeza.

"Confío en ti", respondió. Ya no sentía que estaban corriendo en círculos. Confundir las naves con una falsa señal era algo ingenioso. Pudo ver la luz al final del túnel.

Ella se levantó, le apretó el hombro cariñosamente y salió de la oficina. Él volvió a su computadora, agarrando una nueva libreta de su cajón. Luego afiló unos lápices en su sacapuntas eléctrico. Un bolígrafo no funcionaría para este trabajo. Luego Josh hizo crujir sus nudillos, y sacudiendo la cabeza para disipar los pensamientos de Kamryn, se puso a trabajar.

Kamryn caminó por el pasillo hacia el ascensor, sintiéndose muy ligera. No solo estaba segura de que esta era la forma de lidiar con los Opresores, estaba segura de poder vencerlos y ganar esta guerra por las vidas de todos los humanos en la tierra. También estaba enamorada. Nunca en su vida las cosas habían brillado de esa manera, incluso en medio de la muerte inminente y la esclavitud que los amenazaba a todos. Se sentía libre y un poco mareada también.

En la cafetería, eligió dos rebanadas de pizza,

algunas verduras frescas en la barra de ensaladas, un par de tazas de aderezo ranch, un vaso de té helado para Josh y agua para ella. Se dirigió a la caja registradora para pagar, y Helen, la cajera habitual, levantó la vista y le sonrió.

"No puedo dejar que pague por eso, señorita Reynolds. El señor Wells ha dicho que toda comida va por la casa para usted y el señor Nichols hasta nuevo aviso.

Kamryn estaba sorprendido. "Gracias, Helen. No nos dijo una palabra, pero ciertamente lo apreciamos". Salió de la cafetería sintiendo que las cosas no podrían ser más perfectas si los Opresores nunca hubieran llegado. Se sentía increíble, de hecho.

De vuelta en su piso, entró a la oficina. "Espero que pizza y vegetales estén bien. Necesitaba algo de comida de verdad, y nada más real que un poco de grasa, brócoli y apio".

Él la miró y sonrió. "Esta bien. Solo póngalo aquí y lo abordaré pronto".

Ella puso la comida de él en el escritorio y se sentó a comer la suya. No lo molestó, pero tenía la tentación de ponerle las manos encima constantemente. No podía esperar hasta que todo esto terminara para que pudieran disfrutar el uno del otro adecuadamente. No podía esperar para llegar a conocerlo sin las presiones de la catástrofe mundial que se cernía sobre ellos como la sombra de la muerte misma. Era un buen plan. Ahora solo necesitaban ganarle al reloj antes de que fuera demasiado tarde, y eso conllevaba una gran presión.

Alrededor de media hora más tarde, Josh tomó un respiro para comer su pizza ahora fría. Pareció inhalarla, y una vez que terminó, agarró la libreta que estaban usando para 'hablar' y comenzó a escribir un mensaje para ella.

Escribió:

"Estoy en una buena racha. Esto va a ser más fácil de lo que pensaba. No creo que estas bolas de baba creen que podamos pensar en este nivel. Con el conocimiento del idioma que tenemos, debería poder escribir esto a la velocidad de la luz. Puede que me sorprenda a mí mismo. Deberías, por ejemplo, bajar y descansar, si lo deseas. Voy a estar tecleando por un rato, bebé".

Kamryn leyó la nota y asintió. "Si necesitas algo, asegúrate de despertarme. No lo dudes, Josh, ¿de acuerdo?".

"No lo haré, pero no creo que necesite mucho más que tiempo. Si descansas estarás en perfecta forma para unirte a mí cuando despiertes. Antes de hacerlo, deberías correr y traerme un café cargado. ¿Harías eso por mí, por favor?".

Ella asintió y sonrió, dejando la oficina. Josh probablemente necesitaría más café que nunca. Caminó hacia el escritorio de la recepcionista cerca del ascensor. "Voy a necesitar una taza de café cargado para Josh. Tan negro y fuerte como puedas conseguirlo, por favor".

La recepcionista no era alguien con quien ella

estuviese familiarizada, y supuso que la mujer era de otra unidad, cubriendo a un habitual agotado. "Seguro. Le prepararé uno y lo llevaré a su oficina de inmediato. ¿Necesitarás algo más?".

"No, pero si pudieras traer uno cada dos horas sería genial. Yo voy a dormir un rato, pero Josh va a estar trabajando duro, y todos conocemos la fecha límite a la que nos enfrentamos", respondió Kamryn.

La mujer asintió. "No hay problema. La oficina grande al final del pasillo, ¿correcto? ¿Debería tocar cada vez para entrar?"

"No, no esta noche, eso no será necesario. Le diré que vas a estar viniendo periódicamente. Gracias, lo apreciamos". Kamryn luego regresó a la oficina y contó a Josh sobre la situación del café. A continuación, se acostó en el sofá que había traído para tal propósito. Se cubrió con una manta de lana verde del ejército, y aunque era por la tarde, se durmió muy rápido, los sueños se salieron de su memoria.

Se despertó bruscamente, sus ojos abiertos buscando a Josh de inmediato. Él estaba sentado frente a la computadora, trabajando duro. Sus dedos se movían a un ritmo mortal, y en su estado semi-confundido, ella se preguntó si esta única tarea resultaría en un túnel carpiano para el escritor de códigos.

"¿Cómo te va?". Se sentó en el sofá, bostezando y estirándose.

Él le respondió sin darse la vuelta. "Mejor de lo que podría haber esperado. Entiendo completamente la señal. Lo cierto es que es muy simple. Estoy a un tercio del camino a través del código. No sabré cómo funciona hasta la ejecución de la prueba, pero debería hacerlo en menos de una semana. Solo debo seguir esforzándome".

"¿Qué hora es?". Preguntó.

"Justo después de la una de la mañana. Dormiste tan bien que incluso estabas roncando", se detuvo y giró para mirarla en su silla de escritorio. "¡Fue muy bonito! Debía necesitarlo de verdad".

En ese momento se abrió la puerta de la oficina y entró la recepcionista de aspecto demacrado, con una jarra térmica de café recién hecho. "Hola, dormilona", le dijo a Kamryn, sonriendo. "Mi turno es el siguiente. Mi relevo estará aquí a las dos y ocuparé su lugar en el sofá de la sala de administración. ¿Te sientes mejor?".

"Oh, sí. Absolutamente. Una taza de eso terminará el proceso de despertar perfectamente". Le devolvió la sonrisa a la mujer y se levantó para servirse una taza.

En cuestión de minutos, estaba sentada en su escritorio, sorbiendo el líquido humeante y mirando a Josh por encima del hombro. No habló, por miedo a interrumpir su proceso, no sabía nada sobre cómo escribir código, pero parecía que estaba teniendo buenos resultados. Cerró los ojos y giró la cabeza en un movimiento circular para estirar los músculos de su cuello. Se sentía más descansada de lo que había estado en mucho tiempo. ¿Tal vez la dosis de sexo tuvo algo que ver con eso?

Después de otra media hora y otra taza de café más

tarde, Josh dejó de escribir y estiró los dedos, haciendo crujir los nudillos. Levantó los brazos sobre su cabeza para un estiramiento de cuerpo completo, gimiendo mientras avanzaba. Luego se volvió hacia Kamryn.

"Voy a subir y bajar por el pasillo un par de veces para que fluya la sangre. Ya vuelvo, ¿de acuerdo?", ella asintió en respuesta, él se levantó y salió de la oficina.

Se sirvió una tercera taza y luego llamó al escritorio de la recepcionista. Después de tres tonos ella escuchó la voz cansada. "¿Sí?".

"Es Kamryn". ¿Podrías por favor que decir a tu relevo que traiga otra jarra de café, y hacerle saber que necesitaremos otra en una hora ahora que estoy despierta?".

Ella respondió: "Claro. Estoy haciendo la transferencia de turno ahora, así que debería estar allí dentro de los próximos quince minutos más o menos. ¿Está bien?".

"Sí. ¡Gracias de nuevo!". Volvió a colocar el auricular y se reclinó en la silla de su escritorio, meciéndolo ligeramente. Encontró que el movimiento era reconfortante, por decir no decir más.

Pronto Josh estaba de vuelta. Se sentó y la miró.

"Para cuando se haga esto, independientemente de las circunstancias que se presenten en ese momento, deberíamos poder desarrollar el programa preciso para lo que necesitamos. Puede haber algunos errores, inicialmente, pero confío en mi capacidad para resolverlos si están allí". Bostezó, se sirvió un café, lo bebió con fuerza y luego volvió a llenar la taza. Sacudió el pote. "Este es ya es un soldado muerto", dijo, y volvió a colocarlo sobre el escritorio.

Kamryn le sonrió. "Sí. Ya hablé con recepción y traerán otra en breve, y luego otra vez cada hora desde que estoy despierta".

"Bien pensado. Debería saber que puedo contar contigo para buenas ideas. De vuelta al trabajo, linda". Sonrió y se inclinó hacia delante. Ella hizo lo mismo, y disfrutaron de un beso pausado antes de regresar a sus labores.

Kamryn se entretuvo haciendo notas sobre la señal falsa y la implantación del plan. Sabía que los muchachos del piso de arriba probablemente planeaban un ataque militar, pero también sabía que los Opresores iban a desembarcar de las naves para comenzar a arrear a las personas en aproximadamente seis horas. La idea hizo que se le revolviera el estómago de miedo y temor. ¿Cómo se verían? ¿Cómo actuarían con la gente de la Tierra? Todo era incomprensible, y apenas podía soportar pensar en ello. Volvió a concentrarse en sus notas y se mantuvo enfocada en eso.

Una hora después y dos jarras más de café, Josh se levantó para estirarse de nuevo. "Se mueve todo un poco más lento ahora que estoy en el medio de todo". Cinco horas y contando. Apenas puedo soportar la ansiedad que siento cuando pienso en ver a estos malditos extraterrestres, Kam".

"Lo sé, me siento igual. He estado tomando notas y planeando solo para mantener mi mente fuera de la realidad. Realmente no hay nada que podamos hacer más que confiar. Vienen más rápido de lo que cualquiera de nosotros quisiera". Miró fijamente su taza de café, concentrándose con fuerza para evitar que las lágrimas llenas de miedo se derramaran de sus ojos.

Él se acercó y se paró detrás de su silla, y colocando sus manos sobre sus hombros, comenzó a darle masajes. Se inclinó y le susurró al oído: "No llores, Kam, estoy aquí, y moriré antes de dejar que nos separen. Tendrán que matarme primero".

Hizo girar su silla para estar frente a él. "¿De verdad? ¿Harías eso, Josh? ¿No tienes miedo?", las lágrimas ganaron, y corrieron por ambas mejillas. Sus ojos eran tan hermosos, era como si las lágrimas los realzaran. Le quitó el aliento.

"En un instante. Sin pensarlo dos veces".

Dejó su taza y se levantó, envolviendo sus brazos alrededor de él, buscando el refugio de su abrazo. Él la abrazó fuertemente e inhaló su aroma. Pronto ella levantó la barbilla, y mirándolo a los ojos, lo besó. No pasó mucho tiempo antes de que la sensación de ella comenzara a excitarle, e hizo un esfuerzo enorme para detenerse.

"No podemos cariño. No tenemos tiempo. Sabes que quiero, pero no hay tiempo". Su voz era suave y relajante.

"¿No podemos morir haciendo el amor y decir que se vaya al diablo el mundo? Al menos entonces moriría en tus brazos". Sus lágrimas caían libremente. Estaba muerta de miedo, pero él también.

Él le respondió. "Tenemos que mantenernos

centrados. El hecho es que el mundo nos necesita. Por algo nos han confiado esta misión hasta ahora, Kamryn. Somos responsables por nuestro conocimiento, y aunque no lo pedimos, nos preparamos para ello con seguridad".

Ella simplemente asintió y volvió a sentarse. Él se movió hacia su silla e hizo lo mismo, guiñándole un ojo antes de volver a la pantalla de su ordenador y el teclado. Hora de volver al trabajo.

Las ocho en punto estaba a la vuelta de la esquina, si los Opresores no emergían antes.

CAPÍTULO 12

El amanecer llegó amenazante.

A las siete, Josh dejó de trabajar y comenzó a pasearse por la oficina. Ella hizo lo mismo. A las siete y cuarto, el intercomunicador zumbó y la voz de Wells se hizo eco.

"¿Cómo están ustedes dos?".

Josh respondió: "Las cosas en cuanto al trabajo van muy, muy bien. Emocionalmente, bueno, yo diría que los dos estamos un poco agotados".

"Bueno, si esto ayuda, llegó la noticia a las seis de la Casa Blanca de que no estamos obligados a manifestarnos en las calles para saludarlos. Podemos quedarnos en nuestros hogares o lugares de trabajo. Las fuerzas armadas, todas las ramas, con el presidente y sus hombres, serán quienes reciban a los Opresores. Vamos a tomar esto paso a paso. Las otras naves no comenzarán a salir hasta que el Comandante en Jefe se haya reunido con el líder y portavoz de los Opresores". Su voz sonaba sombría, tan asustada como se sentían.

Josh y Kamryn dieron un gran suspiro de alivio. Él respondió: "¿Así que podemos seguir trabajando y permanecer en la oficina hasta nuevo aviso?".

"Sí", respondió Wells. "Sabemos que van a permitir que la gente del gobierno en todos los niveles sean llevados a la última prueba. Lo sabrán tan pronto como yo lo sepa. Sigan con el buen trabajo, ustedes dos. No dejen que las emociones negativas roben lo mejor de ustedes. Seguiremos en contacto".

El altavoz del intercomunicador se apagó, y Josh y Kamryn soltaron una bocanada de aire audible.

"Qué alivio. No puedo explicarlo, pero estoy seguro de que lo sabes de todos modos", dijo Josh.

Kamryn respondió con una voz temblorosa. "No hay palabras para describir el alivio, no creo".

"Voy a volver al trabajo. Tan pronto demos con esto, comenzará el juego real". Josh se inclinó y la besó, sintiendo amor fuertemente con su beso. Se apartó y dijo: "Pronto podrás comenzar a darles lo que se merecen".

Se volvió hacia su computadora, y Kamryn se excusó para ir al baño. Una vez que estaba en el inodoro con la puerta firmemente cerrada, perdió el control y comenzó a llorar incontrolablemente. Durante los siguientes diez minutos, su delgado cuerpo fue atormentado por los sollozos. Finalmente, salió y se lavó la cara en uno de los lavamanos a lo largo de la pared. Se secó la cara con una toalla de papel y se aseguró de que el enrojecimiento de sus ojos se apaciguara un poco antes de unirse a Josh en su oficina.

∞

El presidente Andrew Mason y sus hombres

estaban sentados en la parte trasera de una elegante limusina negra estacionada en el Monumento a Washington, el lugar de reunión designado para él, sus hombres, el líder de los Opresores y la tripulación del líder. Su estómago se revolvía violentamente de miedo, y era terriblemente difícil ocultar el temblor en sus manos. Miles James, Henry Whitaker y Carson Wood se sentaron con él, pero ninguno de ellos habló. Todos tomaron una copa de brandy para calmar sus nervios. Era vital que no mostraran debilidad al enemigo. Necesitaban estar tranquilos y confiados, mostrando solo fuerza. No estaba seguro si podría hacerlo. Ni siquiera sabían cómo lucían estos seres. El simple contacto visual con ellos podría incitar a la histeria, por lo que él sabía.

A las 7:50, miró a los otros tres hombres.

"Es el momento".

Bajaron sus copas casi al mismo tiempo y salieron de la parte trasera de la limusina. Todas las ramas de las fuerzas armadas ya estaban allí y en su lugar. Ellos fueron los últimos en llegar.

Entre el monumento y El Estanque reflectante del monumento a Lincoln era donde la reunión tendría lugar en solo unos momentos. Flanqueado por sus hombres, y rodeado por el servicio secreto, el presidente Mason tomó su lugar, y mientras todos permanecían allí, miraban hacia la parte inferor de la nave, esperando alguna señal de que se abriera una puerta. Ninguno de ellos tenía idea de qué esperar, no solo de la nave, sino también de los Opresores.

Exactamente a las 8:00 a.m, hora estándar del Este, la escotilla comenzó a abrirse.

La nave era negra y enorme, con luces dispersas por toda su superficie, pero casi directamente sobre el lugar donde estaban el presidente y los otros hombres, y en medio de algunas luces, la superficie de la nave parecía casi disolverse. El material del que estaba hecha la nave comenzó a caer hacia la tierra, aterrizando inmediatamente frente al presidente, el Vicepresidente, el Secretario de Defensa y el Director de Seguridad Nacional. Luego se solidificó ante sus propios ojos, formando lo que parecía un patio de juegos del color gris, y la superficie pareció moverse.

El presidente Mason se dio cuenta de que no estaba respirando y se obligó a inhalar y exhalar lentamente. No podía darse el lujo de hiperventilarse y desmayarse, aunque ese era el curso de acción que hubiese preferido en ese momento. De este material deben estar hechas las pesadillas.

De repente, en la apertura de la nave, aparecieron tres figuras, y comenzaron a descender hacia el suelo. Parecía que estaban caminando, pero a medida que se acercaban se hizo evidente que no estaban caminando. La rampa en la que se encontraban estaba en movimiento como una pasarela móvil en una terminal de aeropuerto.

Los Opresores no parecen ser muy diferentes a los humanos. Una vez que sus pies tocaron tierra firme, era obvio que eran más altos que el terrestre promedio en aproximadamente un pie. Su estructura física era similar, las principales diferencias eran sus manos, sus ojos y sus líneas capilares, que disminuían drásticamente en la parte superior, mientras que sus cabellos eran largos y deteriorados, casi fluyendo sobre sus hombros. Parecían tener los mismos colores de cabello que cualquier ser humano.

Los tres Opresores que estaban de pie ante el presidente y sus hombres tenían la piel oscura, un marrón profundo y rico que aparentemente estaba lleno de pigmento. Sus manos consistían en solo tres dedos y un pulgar. Sus ojos se llevaban la diferencia más inquietante de todas: tenían el iris de varios colores y las pupilas alargadas, al igual que las de los reptiles. De lo contrario, estos seres no eran mucho más diferentes que los terrícolas frente a ellos.

Su ropa parecía ser un tipo militar estándar, gris y negro. La única forma de diferenciar entre los conjuntos era por la variedad de 'medallas' que usaban los diferentes Opresores. Se podría suponer con seguridad que estos elementos indicaban qué rango tenía cada uno en su "ejército".

Los tres eran muy musculosos, y junto con su altura, esta característica les daba una apariencia que los hacía parecer mucho más grandes que los humanos en general. Esto, también, era un poco perturbador para los incontables hombres humanos que estaban parados frente a ellos, al igual que las armas desconocidas en sus muslos.

"Presidente Mason", dijo el Opresor del medio. "Mi nombre es impronunciable para usted. Aceptaré que se refiera a mí como 'Superior'. Yo soy el líder de mi pueblo".

El presidente Mason se aclaró la garganta y se concentró en mantener su voz estable. "Como saben, soy el presidente Andrew Mason. Soy el líder de este país en el planeta Tierra". Hizo un gesto a cada uno de los tres hombres a su lado. "Este es Henry Whitaker, mi segundo al mando. Él es Miles James, Director de Seguridad Nacional de los Estados Unidos de América, y este es Carson Wood, Secretario de Defensa". Se volvió y miró a los vastos grupos de militares que se mantenían firmes detrás de él. "Estas personas forman nuestros equipos militares en los Estados Unidos".

Superior asintió con la cabeza, asimilando todo, miró a Mason. "A mi derecha está Secundario, y a mi izquierda está Subordinado. Discutiremos las instalaciones, las pruebas de su gente, nuestras expectativas y su resultado. ¿Hablaremos aquí? Preferiríamos sentarnos para no intimidar".

Mason estaba un poco perdido. Lo último que quería hacer era separarse a sí mismo y a sus hombres de las fuerzas militares que esperaban para protegerlos. Miró a su derecha e izquierda, haciendo contacto visual con los tres que lo acompañaban, completamente inseguro del curso de acción más sabio.

"Como todos somos extraños, creo que nuestra reunión debería tener lugar abiertamente". Para ser honesto, no sentimos una conexión con ustedes. Desde nuestro punto de vista, su visita es completamente hostil. Están aquí para tomar nuestras libertades y eliminarnos de nuestro propio planeta natal, según su propia admisión". Se volvió hacia Whitaker. "Llama y pide a alguien que traiga una mesa plegable larga y el número apropiado de sillas plegables de inmediato". Whitaker inmediatamente tomó su teléfono celular y llevó a cabo la orden del presidente.

Mason continuó. "Mientras tanto, podemos comenzar si desean".

Una risa leve se escuchó en la boca estrecha de Superior. "Muy bien. Las instalaciones de prueba en todo el planeta han tenido un progreso maravilloso en su construcción. Estas instalaciones son vitales para el proceso de determinar quién continuará con vida y quién la perderá a través de la eliminación. Estamos contentos de que su gente haya sido tan rápida en el cumplimiento de nuestros mandatos, y nos complace que hayamos otorgado indulgencia a ciertos pueblos, como sus trabajadores del gobierno.

"Sepa que aunque se refiera a nosotros como 'hostiles' también debería el darnos crédito que merecemos. A los más fuertes e inteligentes de los suyos se le concederá la supervivencia. Esto les permitirá continuar sus vidas en el lugar distante que se ha preparado para ustedes. Somos conscientes de que han cuestionado si estábamos haciendo una determinación por los débiles o los fuertes. Sinceramente, no es nuestra intención eliminar por completo a su raza. Le daremos la oportunidad de comenzar de nuevo. Las únicas personas que faltarán serán aquellas que solo servirán para ralentizar el proceso".

Ahora era el turno de Secundario en hablar. La voz de este ser era incluso más profunda que la del primero. "Las pruebas tendrán una cantidad de aspectos que debería conocer como el líder de su gente. Será usted quien controlará el nivel de pánico y caos que inevitablemente tendrá lugar hoy, a medida que el pastoreo comience. Sepa que las familias serán separadas en búsqueda de eficiencia. Sepa que muchos no volverán a verse nunca más. La mayoría de hecho. Este es el proceso de pastoreo".

En ese momento, tres hombres humanos se acercaron por detrás. Llevaban una larga mesa plegable de tipo conferencia y siete sillas plegables de metal gris. Mason y su tripulación retrocedieron unos pocos pies para permitir la instalación de estos artículos, al igual que Superior y sus hombres. En unos momentos, los siete se sentaron y la conversación se reanudó.

"Debemos tener sol", comenzó Superior.

Mason esperó expectante a que él, o uno de ellos, se explicase mejor. Finalmente, rompió el silencio. "¿Qué tiene eso que ver con tomar nuestro planeta y matar a nuestra gente?".

Subordinado explicó: "Somos demasiados para convivir con ustedes; Ustedes están usando sus propios recursos a un ritmo alarmante, incluso derrochador. Hace un período de dos meses terrestres, nuestro sol desapareció de nuestros cielos. El resultado final fue la muerte del planeta que llamamos hogar". Hizo una pausa y miró hacia arriba, viendo su propia nave, miró a Mason y continuó. "Su planeta tiene lo que nuestra gente necesita". Es simple, nuestra gente puede seguir prosperando aquí".

"¿Por qué simplemente no hacen uno nuevo para ustedes? ¿De la misma manera que supuestamente están haciendo uno para nosotros? Nada de lo que dicen tiene sentido, y es por eso que dudamos de su palabra". La voz de Mason era un poco severa a la hora de expresarse.

De repente, Superior golpeó con su puño la exigua mesa plegable, haciéndola temblar violentamente, y elevó su voz grave a un tono febril.

"¡Somos misericordiosos! ¡No optamos por simplemente destruirlos a todos, como bien podríamos haber hecho, y quizás deberíamos haberlo hecho! ¡No habrá preguntas! Simplemente cumplirás".

Las manos del presidente, entrelazadas sobre la mesa frente a él, comenzaron a temblar levemente, y su estómago se sacudió ante el estruendoso sonido de ira en la voz de Superior. "Entonces dinos tu plan, Superior".

"Las personas serán conducidas de manera incremental por cada área, y serán llevadas a las instalaciones que nosotros determinemos como apropiadas. Esto comenzará tan pronto como termine esta 'reunión'. La palabra 'reunión' se sintió con sarcasmo al salir de su boca. "Las pruebas consistirán en determinación de la fuerza física, inteligencia, salud física, incluida la prueba de su composición biológica. Esto ayudará a determinar los humanos más fuertes y

125

más viables para la transferencia. También todos serán evaluados para determinar a los más creativos y educados. Necesitarán médicos e individuos que puedan diseñar y construir si quieren crecer y prosperar en su nuevo hogar. Aquellos que sean transferidos necesitarán ser hábiles con sus manos; hay criaturas nativas en su futuro planeta, y necesitarán defenderse a sí mismos y a sus nuevas familias contra ellos. No les daremos armas automáticas de ningún tipo".

El presidente Mason comenzó a sentir fuertes náuseas a medida que se desarrollaba la realidad de la situación. "¿Con quién comenzarán?".

"Los que viven en la calle. Los desamparados, los adictos y aquellos a quienes consideramos más débiles que el resto. El próximo será el hombre común, el zángano humano cotidiano, o el trabajador, como ustedes los suelen llamar", afirmó Secundaria firmemente. "Su gobierno y autoridades serán los últimos. Aquellos que son prósperos y que viven bien obviamente tienen fuerza de algún tipo, serán conducidos hacia el final. Tenemos un proceso establecido. Nuestros pueblos han tenido que atravesar esto durante innumerables años terrestres".

Mason negó con la cabeza mostrando incredulidad. Quería pellizcarse para despertarse de esta pesadilla. Quería saltar desde el techo de la Casa Blanca, o de cualquier precipicio muy alto, solo para asegurarse de no vivir. Necesitaba recuperarse y aclarar su mente.

"¿Cómo se transportará a los sobrevivientes después de que se hayan determinado?", preguntó.

Subordinado respondió: "Tenemos una flota de naves para transportarlos. El viaje tomará casi un año terrestre. Cada nave tendrá todo lo necesario para sustentar la vida de aquellos seleccionados para vivir, a bordo durante ese período".

El silencio cayó sobre todos. Los tres Opresores mantuvieron sus ojos en los terrícolas que tenían en frente. Superior se movió en su asiento. Estaba ansioso por comenzar. Habían esperado pacientemente durante demasiado tiempo, en su opinión.

"Llamaremos a nuestras fuerzas y nos prepararemos para el proceso". Es hora de que se dirija a su gente y dé instrucciones. Deben regresar a sus hogares, a todos. Verificaremos los locales de negocios y los limpiaremos con éxito, pero en consideración del tiempo, debe mantener la calma. Represéntanos adecuadamente, no nos conviertas en monstruos sin corazón. Si lo fuéramos, nunca hubieras visto esto venir, Mason".

El presidente reflexionó sobre esto y finalmente asintió. "Tendré una conferencia de prensa televisada para dirigirme a mis conciudadanos". Con eso se puso de pie, seguido por los otros seis individuos. Superior tendió su mano, como para sacudir la de Andrew Mason. Mason simplemente asintió y se dio vuelta, alejándose.

R.W.K. Clark

CAPÍTULO 13

Josh se frotó los ojos y volvió a tocar su teclado diligentemente. Kamryn había caminado de un lado a otro que faltaban cinco para las ocho, momento en el que ella había salido de la oficina. Regresó a las ocho y cuarto, empujando un televisor en un carrito. Lo enchufó, conectándolo una caja adaptadora digital antigua y lo encendió, manteniendo el volumen en silencio. Una nueva repetición de 'Three's Company' se reflejó en la pantalla.

Poco después de las nueve, apareció un presentador de noticias en la pantalla.

"Josh, es hora, creo". Ella se levantó de un salto y puso el volumen mientras Josh giraba la silla de su escritorio para mirar.

"En solo unos momentos, el presidente Mason se dirigirá a la nación para informar respecto a su conferencia con los Opresores. Nos informará sobre lo que todos nosotros debemos esperar en el futuro". La pantalla se dirigió al podio tradicional, flanqueado por banderas. Los micrófonos con una variedad de logotipos de canales de noticias se colocaron encima del podio. Todo estaba en silencio, con la excepción de algunos susurros dispersos que podían oírse de los periodistas que estaban allí en persona.

Andrew Mason apareció.

"Compatriotas, hoy en día, me he reunido con los Opresores cara a cara. Nos han dicho cuáles son sus planes con respecto a nuestro país, nuestro mundo, nuestra existencia y nuestro futuro. Antes de comenzar, quiero que sepan que tenemos esperanza. La clave para asegurar nuestro futuro es la cooperación total de nuestra parte. Esto será vital para nuestra existencia.

"Todos y cada uno de nosotros seremos probados. Han establecido otro planeta, que será nuestro nuevo hogar. Las instalaciones y las pruebas que brindan determinarán a quiénes se otorgarán los privilegios de reubicación. Los sobrevivientes a quienes se les otorguen privilegios de reubicación serán determinados por estas pruebas. Hagan lo mejor que puedas en todos los aspectos.

"Como ya he dicho: los Opresores son firmes en el proceso y la implementación del mismo. Serán los únicos habitantes futuros de la Tierra, pero amablemente han abierto el camino para que un número específico de personas de nuestra población sobreviva. Hacer lo mejor que puedan para estar en ese número depende de cada uno.

No se asusten. Inmediatamente después de esta transmisión, comenzarán a pastorearnos, comenzando por los que se encuentran en las calles y refugios para personas sin hogar, hasta las instalaciones de prueba. Presentar una pelea es firmar su propia sentencia de muerte inmediatamente, eliminando cualquier posibilidad de supervivencia. Llevarán a cabo el pastoreo en una especie de cadena: serán distritos residenciales más pequeños y menos afortunados, y seguirán subiendo. Cualquier persona empleada de cualquier manera por cualquier nivel gubernamental será la última. Continúen haciendo su trabajo diligentemente, ya que esta es la única razón por la que está yendo de últimos a esta prueba; sus posiciones, autorizadas o no, son necesarias para agilizar el proceso de pastoreo.

"Una vez más, no luchen. La cooperación es esencial en este momento.

"No responderé preguntas. Gracias, y Dios bendiga a Estados Unidos y al resto del planeta Tierra".

Aquellos que lo escuchaban en persona comenzaron un alboroto. El caos estalló en la habitación donde estaban el presidente Mason y sus hombres. Lo último que Josh y Kamryn vieron antes de apagar el aparato fue que el Servicio Secreto sacó precipitadamente al Presidente de la conferencia.

Los dos se sentaron en silencio. Ninguno fue sorprendido por las palabras del mandatario; era esencialmente lo que ya sabían. Después de un período de reflexión, Kamryn miró a Josh y habló.

"No sé cuánto dura una batería individual de pruebas, pero tenemos que estar realmente ocupados, Josh. No nos sobra ni un instante".

Él respondió: "Tienes razón. ¡Empecemos!".

El presidente Andrew Mason se sentó con fuerza en su silla de escritorio en la Oficina Oval. Entrelazó los dedos sobre el escritorio que tenía delante y contempló la imagen de su esposa, Sharon, y sus hijos, ahora adolescentes. Quería verlos. Quería abrazarlos y decirles cuánto los amaba, porque no estaba seguro de nada.

Wood, James y Whitaker estaban sentados sus sillas habituales al otro lado de su escritorio. Nadie sabía qué decir, y tenían miedo de hablar. Finalmente, Miles James rompió el silencio.

"¿Y ahora qué?".

Era increíble el hecho de que esos hombres educados y altamente entrenados pudieran estar tan perdidos y confundidos, pero este evento no tenía precedentes. Los había tomado desprevenidos. Para decirlo de manera simple, no tenían palabras.

"Vamos a depender de esos dos chicos en el Pentágono, solonos queda esperar que hagan lo mejor", declaró finalmente Mason. "Por ahora, iremos a casa y consolarán a nuestras familias lo mejor que podamos".

∞

El pastoreo comenzó.

En el área de Washington DC, el principal líder militar de los Opresores para ese sector se presentó ante sus hombres, que estaban alineados uniformemente en el medio de la avenida Pennsylvania, y miraban hacia la zona más marginada de la ciudad.

Comenzarían a marchar, arreando a medida que avanzaban. Tenían métodos muy específicos para determinar quién sería parte del primer grupo de participantes en la prueba. Serían los transeúntes, cualquiera que se encuentre merodeando o viviendo al aire libre. Les informaron que estas personas estarían sucias, con ropa mugrienta y miradas perdidas. El cabello sobre sus cabezas también era inmundo. No tendrían ningún propósito en el otro planeta.

'Líder' fue el general para el ejército de este sector. Se paró frente a sus hombres, que llenaban la calle durante ocho cuadras completas, y sus ojos escaneaban un dispositivo computarizado tipo portapapeles que sostenía en sus manos. Tomó la información, la escaneó de nuevo y luego miró a sus hombres.

"El primer batallón tomará el primer cuadrante asignado en el radio inicial. El segundo, el tercero, y así sucesivamente. Hombres, ¡que comience el pastoreo!". Alzó su puño derecho, y todos sus hombres siguieron el ejemplo, emitiendo un grito de batalla.

Inicialmente marcharon, pero cada batallón pronto se separó de los demás. El primero en ser tomado fue un hombre con el pelo ralo durmiendo en un banco de la parada de autobús. La segunda fue una prostituta, apenas vestida, que se ocultaba entre dos pequeños escaparates drogándose. Cada batallón pastorearía hasta que cada miembro atrapase a un individuo. Luego llevaban a la gente a un vehículo de transporte terrestre, que los llevaría a sus instalaciones asignadas para comenzar las pruebas.

El primer día sería el más fácil de digerir para la gente de la Tierra respecto al pastoreo. Las personas recolectadas hasta ahora no tenía familias de las que hablar; eran la escoria de la sociedad, los "perdedores", los no queridos y los indeseados. La gran cantidad de Opresores militares hizo que el pastoreo de estos individuos fuera fácil. No fue sino hasta que llegó el momento de ir a las residencias destartaladas en busca de los pobres y humildes que las cosas empezarían a ponerse realmente serias.

∞

Kamryn tomó una ensalada verde. No tenía mucho apetito realmente. ¿Para qué comer? Había dejado a Josh para continuar escribiendo el valioso código que tan desesperadamente necesitaba, en parte porque no quería distraerlo, pero más que nada porque si tenía que escuchar esas teclas sonando otro segundo más, tocaría fondo.

Cogió su té helado y vació el vaso, pensando en las últimas noticias. Un escalofrío recorrió su cuerpo. El pastoreo había cesado ya que las instalaciones se llenaron con el primer 'lote' de los sujetos de prueba: las personas sin hogar y los adictos. Los Opresores se alinearon en las calles, esperando que finalizaran las pruebas iniciales y manteniendo el orden. En su mayoría, observaban, aprendían y planificaban, como un gato mirando un ratón.

La primera batería de pruebas había terminado después de una semana, y el pastoreo comenzó de nuevo. Esta vez estaban arreando gente de la peor parte de la ciudad. Los arrastraron fuera de los apartamentos. Algunos fueron voluntariamente, otros pateaban y daban gritos. Los niños fueron arrancados a la fuerza de los brazos de sus padres y las noticias mostraban las caras sucias y llenas de lágrimas de los pequeños mientras extendían los brazos hacia sus padres, sollozando y llorando.

Ese proceso de pastoreo duró un día y medio. Reunir a quienes ocupaban las residencias era como tirar peces en un barril para los Opresores. Las cámaras de televisión mostraban todo el proceso del pastoreo, y sus caras mostraban sonrisas que parecían ir en contra de todo lo que estaba ocurriendo.

La prensa había sido dirigida a limitar los informes dados al público debido a que los Opresores eran todos ojos y oídos. El video era lo único que le dio a la gente una idea de qué esperar, y era horrible para todos.

Kamryn tomó su bandeja con toda su ensalada, prácticamente intacta, y la arrojó al recipiente de desechos más cercano a la puerta. Tiró el vaso de papel que contenía el té helado que acababa de consumir y salió de la cafetería. El viaje en ascensor parecía durar una eternidad, y el silencio dentro del mismo solo enfatizaba su sensación de asfixia impotente. Ella necesitaba liberación.

Entró a la oficina y cerró la puerta. Dirigiéndose hacia Josh por la parte de atras, comenzó a masajear suavemente sus hombros. Él gimió, su tecleo se detuvo momentáneamente.

"Hola. ¿Comiste?", preguntó.

"No realmente". Dejó que sus manos se deslizaran hacia su pecho, masajeando su camino. Finalmente dejó de escribir y se permitió disfrutar de sus caricias. Ella se inclinó y le besó el cuello, siguiendo ese gesto fue pasando la lengua por su nuca. Continuó con pequeñas lamidas y besos ligeros hasta que cedió y se giró en su silla.

"Necesito esto, Josh. No digas que no, tenemos tiempo. Él no dijo que no. En cambio, se puso de pie y comenzó a deshacer los botones de la blusa que llevaba puesta. Ella correspondió. Pronto, sus dos camisas yacían en el piso, detrás de ellos. Ella plantó sus labios firmemente sobre los de él, invadiendo su boca con su lengua casi violentamente. Ella se presionó con fuerza contra él y agarró puñados de su cabello rizado y oscuro. Él la besó con fuerza.

Finalmente ella se apartó de él, se desabrochó los pantalones y los tiró al piso también. Él simplemente la miró, con una pequeña sonrisa en su rostro. Se quitó el sujetador y lo arrojó. Luego se arrodilló frente a él y comenzó a desabrochar el botón de sus jeans. En cuestión de segundos, ella lo llevó a su boca, y un largo gemido escapó de sus labios.

"Maldición, Kamryn. Wow". Gruñendo profundamente.

Lo hizo entrar en un frenesí desenfrenado, y pronto tuvo que alejarse de ella antes de perder el control. La ayudó a ponerse de pie y la sentó en el sofá.

"No te acuestes; solo siéntate allí".

Así lo hizo, y pronto él estaba de rodillas ante ella, devolviéndole el favor. Sus ojos estaban sumergidos en el éxtasis, su boca abierta. Sus dedos se enredaron en su cabello. Ella se concentró en el recorrido de sus labios y su lengua, mientras se empujaba contra su rostro. De repente, sus caderas se arquearon violentamente, y se balanceó hacia adelante y hacia atrás contra su boca, explotando en su orgasmo.

Él la montó con fuerza, y pronto se retorcieron como animales, sudando y gimiendo. Ella se vino otra vez, junto con él, y finalmente ambos se tumbaron en el sofá, agotados y sonriendo.

Después de unos quince minutos, Josh habló. "Voy a terminar con el código y comenzar a probar con una señal falsa para el fin de semana, Kam".

Abrió los ojos y lo miró. "¿De verdad, Josh?".

"En serio".

Ella se sentó. ¡Sí! Una vez que realizaron la prueba y obtuvieron la resolución de problemas necesaria, ¡pudieron recibir la señal de interferencia!

"Vamos a ducharnos para que puedas volver al trabajo". No te voy a retener". Ella saltó y recogiendo su ropa, comenzó a vestirse rápidamente. Él hizo lo mismo mientras ella agarraba sus artículos de higiene. "¿Te veré aquí en unos minutos?".

Él sonrió y asintió con la cabeza cuando ella salió de la habitación. Estaba justo detrás de ella.

∞

Peter Wells estaba sentado en su oficina viendo la

última transmisión de CNN sobre el pastoreo. Muchas de las ciudades estaban más avanzadas que Washington en el proceso, pero algunas de ellas no tenían una tasa tan alta de la población adicta y sin hogar que Washington tenía. Había tomado más tiempo aquí terminar con la primera etapa del pastoreo.

Los medios no se expandieron mucho con respecto a la información; el video habló por sí mismo. Lo único que dijeron fue que el segundo grupo de sujetos de prueba también se realizaría en una semana. Obviamente, la prueba estaba diseñada para durar solo un período de siete días. El tercer grupo, familias de bajos ingresos y obreros, serían los próximos.

Levantó el control remoto y apagó el aparato. Estaba tan cansado de ver, pero era la única forma de controlar el progreso. No podía simplemente ignorar lo que estaba sucediendo. Por el bien de sus propios seres queridos, tenía que mantenerse al día.

Había hablado con Josh y Kamryn la noche anterior, y Josh le hizo saber que terminaría la fase actual de su plan dentro de una semana. Claro, solo había sido anoche, pero tal vez estaba más lejos de lo que pensaba que sería. Cogió el intercomunicador y apretó el botón.

"Sharon, por favor haz que Josh me llame al teléfono de mi oficina", le dijo.

"Sí, señor", respondió ella.

En menos de treinta segundos, su teléfono sonó, y lo recogió ansiosamente. "¿Cómo te va hoy, Josh?".

"Muy bien, señor. Todavía anticipo el mismo marco

de tiempo, pero espero que el trabajo adicional signifique menos errores para eliminar el resultado final. Con suerte, Kamryn podrá poner esto en práctica la próxima semana".

Wells respondió: "Sí. Esperaba que las cosas tal vez hubieran estado un poco mejor hoy, algo que mejorara el panorama, tal vez".

"Es un proceso, señor. Es un proceso".

Agradeció a Josh y se desconectó. Levantándose de su silla, caminó hacia su ventana y miró hacia afuera. Deseó tener una mejor vista.

Pensó en su esposa, hijos y nietos. No podía dejar que la desesperación y la depresión tomaran el control ahora. Estaban demasiado cerca. Había mucho que perder al rendirse.

R.W.K. Clark

CAPÍTULO 14

El segundo grupo de sujetos de prueba completó sus pruebas, y la siguiente fase de pastoreo estaba en marcha. El tema de mayor preocupación tanto en las noticias como en los que aún aguardan el pastoreo tenía que ver con aquellos que habían completado las pruebas. Nadie tenía idea de quién estaba pasando o fallando. Por lo que sabían, las personas eran llevadas a las instalaciones como víctimas de asesinatos en masa. Las calles estaban llenas de gente emocionalmente cargada, particularmente cuando se pensaba que los humanos marchaban voluntariamente, si no luchando, hacia su propia muerte. Muchos pensaban que simplemente morir durante el proceso real de pastoreo tenía mucho más sentido.

Así como los obreros reunidos y trabajadores de bajos recursos en general, se volvió claramente obvio que reunir al tercer grupo iba a tomar un poco más de tiempo. Había mucha más gente en esta clase que en las dos anteriores, al menos en las partes civilizadas del mundo. Las cosas comenzaron a tomar un poco más de tiempo para los Opresores, y se estaba volviendo evidente que su paciencia se estaba agotando en lo que respecta a los humanos. En lugar de luchar contra los que se resistían, comenzaron a asesinarlos de inmediato. También se especuló que muchos más humanos pasaban las pruebas de lo que los Opresores habían anticipado.

Josh había terminado de escribir el código de la señal de infiltración justo cuando pensaba que lo haría. Peter Wells, el Presidente y los hombres del Presidente se reunieron y determinaron un método de prueba adecuado. Lo usarían para interferir con sus propios servicios de Internet y satelitales, pero lo harían de manera limitada para volar bajo el radar de los alienígenas.

Las pruebas iniciales demostraron ser un poco desordenadas. Nada salió como estaba planeado. Si los humanos no pueden interferir con su propia señal con éxito, ¿cómo esperaban volar una señal ficticia efectiva a las naves alienígenas estacionadas en todo el mundo? La rectificación y solución de problemas de los problemas sería uno de los aspectos más importantes de todo el proyecto, y Josh y Kam volvieron a la libreta del primer día.

Pero esto no probó desalentar a nadie. Habían llegado demasiado lejos para darse por vencidos ahora. La totalidad del Proyecto Nativo se había convertido más en una perspectiva de vida o muerte que nunca antes. Probar la señal falsa era el propósito del pirateo, que estaba en manos de Kam, pero sin un código desarrollado adecuadamente, sus manos estaban atadas. Entonces, Josh reinició su enfoque, y se dedicó a aplastar a los molestos insectos que zumbaban alrededor de sus cabezas, por así decirlo.

El mundo estaba en la tercera semana de la fase de pastoreo de los esfuerzos de toma de control de los Opresores, y el comportamiento de la gente de la Tierra se volvió más aterrado y errático que nunca.

Las noticias informaron que el recuento de suicidios en todo el mundo asciende a cientos de miles. Los cuerpos eran recolectados por las autoridades locales en todas partes, y no se realizaron servicios funerarios adecuados para nadie. Los Opresores habían designado sitios de caída de cadáveres, y los recolectores fueron hechos para tirar cuerpos allí regularmente, donde se amontonaban, hasta que llegaban a un número específico. Luego eran enterrados en masa en la tierra tal como fueron encontrados.

Fuera de vista, fuera de gran importancia parecía ser la perspectiva de los invasores que recorren el planeta.

Las ciudades más pequeñas se limpiaron después de la tercera fase de pastoreo, y los ciudadanos esperaban para completar la tercera semana de pruebas. Mientras tanto, los Opresores simplemente exploraron varias veces las ciudades y las áreas circundantes a las que habían sido asignados, rastreando a cualquiera que perteneciera a los primeros tres grupos pero que habían logrado escapar de la captura. Según las noticias, estos individuos fueron retenidos en las instalaciones, apiñados, esperando que todas las pruebas se completaran para que pudieran ser sometidos, como todos lo harían.

143

Parecía que los Opresores habían pasado por alto a un grupo particular de individuos, y este grupo consistía en muchas, muchas personas. Los convictos y criminales escondidos en cárceles y penitenciarías de todo el mundo de alguna manera no fueron reconocidos por los extraterrestres. Una vez consciente de su existencia, Superior envió fuerzas adicionales a estos lugares, y realizaron sus pruebas justo donde estaban. Esto elimina la molestia y peligro, que el transporte de estos delicuentes potencialmente pudiera traer a la misión. Al igual que en la vida antes de la llegada de los Opresores, estos seres olvidados permanecían en el anonimato. Se especulaba que al público solo se le dijo que los ladrones estaban siendo probados. Si los alienígenas se deshacían de los más fuetes, mantener a estos hombres y mujeres vivos en el nuevo planeta sería como pegarse un tiro en el pie.

El cuarto día de la semana de la Fase 3, Josh anunció que el código podría volverse a probar, y una vez más los poderes que lo acompañan a él y Kamryn para las pruebas. El segundo error que encontraron demostró ser pequeño en comparación con el primero. La señal se implementó, pero seguía fallando.

Josh volvió al trabajo.

En el sexto día, pudieron volver a intentarlo, y aunque funcionaba en satélites de corto alcance, fallaba cuando se trataba de llegar tan lejos como lo necesitaban.

Este era un proyecto mundial después de todo. ¡Más trabajo!

El séptimo día de la Fase 3 vino y se fue, y grupos de familias de clase media a alta fueron llevados en manada y para someterlos a pruebas. La reunión de este grupo se llevó a cabo durante un período de tres semanas para garantizar la captura de todos en el grupo. Los cadáveres, tanto de los suicidios como de la eliminación de los Opresores, continuaban acumulándose, y los alienígenas seguían buscando a cualquiera que hubiera escapado.

En el segundo día de la Fase 4, Josh y Kamryn se sentaron en su oficina, que ahora se había convertido en una celda de prisión. Atesoraban los tiempos de prueba porque respiraban aire exterior, aunque nunca vieron la luz del sol.

Josh estaba enfocado en su teclado como en cualquier otro momento, pero su paciencia se estaba agotando. Estallaría en blasfemias de vez en cuando, y aunque la oficina tenía aire acondicionado, parecía tener una capa perpetua de sudor en el labio superior. Kamryn, también, estaba agotando sus últimas dosis de cordura. Se encontró caminando, incluso perdiendo la paciencia con Josh en más de una ocasión. Hoy fue era una de esas veces.

Kam había estado en la cafetería bebiendo café negro como loca. Había hablado un poco con algunos de los otros empleados, e incluso intentó participar en un juego de naipes con un compañero de trabajo. A mitad del juego, sintió remordimiento. Simplemente no estaba bien que jugara un juego de cartas en un momento como este, incluso si solo era para pasar el tiempo hasta que pudiera implementar completamente su estrategia. Se disculpó con la mujer con la que estaba jugando y solo dijo. "Simplemente no puedo hacer esto. Lo siento". Se levantó de su asiento y salió de la cafetería enfadada.

Ahora estaba regresando al ascensor. ¿Qué estaba haciendo Josh, por cierto? ¿Debería darle un empujón? Ella pensaba que ya habría terminado con su parte del trabajo, y comenzaba a sentir que iban a ser pastorados, probados y eliminados sin poner en práctica su plan.

¡Era un buen plan! No, era más que bueno; era grandioso. Sin mencionar que era la única forma. Necesitaba apurarse. Pulsó el botón del elevador con impaciencia, una y otra vez, hasta que escuchó el 'Ding', que anunciaba que había llegado. Cuando subió al ascensor, se dio cuenta de que su dedo índice estaba sangrando. Se había roto una uña apretando ese maldito botón.

Furiosa, se abrió camino hacia su oficina. Mejor que no esté durmiendo. Quizás necesitaba más ayuda para hacer este trabajo de lo que había estado dispuesto a admitir. Era hora de tener una conversación seria con Josh.

Abrió la puerta de la oficina, golpeándola y cerrándola detrás de ella.

"¡Josh, tenemos que discutir qué diablos está tomando tanto tiempo con este proyecto!". Agarró el respaldo de la silla de su escritorio y lo giró.

Sus ojos estaban enrojecidos. Obviamente, estaba enojado por su grosera interrupción su trabajo, pero su voz no delataba nada. "¿Qué te pasa, Kam?".

Ella se dejó caer en su silla. "¿Qué me pasa? ¡Te diré lo que me pasa!". Ella le apuntó con el dedo sangrante y continuó. "Estamos en la cuarta semana de pruebas y pastoreo, y mientras te deshaces de algunos de los errores, se nos acerca la hora. Si necesitas ayuda adicional, ¿por qué no lo dices? Sé cuál es mi trabajo, y puedo hacerlo. Entonces, ¿por qué no? En serio, amigo, ¡tienes educación universitaria y apenas me gradué de la escuela secundaria! Tenía el rostro enrojecido, y Josh empezó a darse cuenta de que obviamente estaba muy cabreada. Este hecho solo sirvió para irritarlo.

"¿Tienes alguna idea de lo duro que estoy trabajando? Bebo tanto café que tengo un dolor de estómago perpetuo, no me he duchado en tres días, y sinceramente no puedo recordar la última vez que dormí más de tres horas. ¿Qué diablos es lo que te pasa? ¡Será mejor que madures y pronto!

En ese momento, Kamryn se dio cuenta de cómo sonaba y cómo estaba actuando. Su respiración era irregular cuando esto pasó por su mente, y de repente se rompió. Se puso la cara entre las manos, se giró en la silla y sollozó. Ella no quería que la viera llorar después de actuar como una idiota con él.

En segundos, la mano de él estaba sobre su espalda mientras intentaba consolarla. "Shhh... está bien. Sé cómo te sientes. Solo llora".

Ella mantuvo su rostro lejos de él, pero dejó que la tomara en sus brazos, y se enterró en el solaz de su abrazo. Su cuerpo estaba atormentado por los sollozos, y su camisa blanca abotonada se estaba empapando de lágrimas. Se sentía tan desesperado e impotente. Todo lo que podía hacer era abrazarla en su momento de necesidad. El mundo estaba en sus manos, no podría detenerse ahora. Él era todo lo que ella tenía. Era vital que estuviera allí cuando lo necesitara.

Después de unos minutos, Kamryn se alejó de él. Buscó una caja de pañuelos en su escritorio, se secó los ojos y se sonó la nariz. Tardó otros tres o cuatro minutos en dejar de llorar por completo, pero finalmente sus ojos se encontraron con los de él. Estaba hecha un desastre.

"Lo siento, Josh". No dijo nada, solo sacudió la cabeza en un gesto de 'No pasa nada'.

Ella se levantó y comenzó a pasear por la oficina. Reamente había perfeccionado esta habilidad.

"Kamryn, todos estamos bajo una enorme presión. Todos podemos ver la hora, y todos sabemos que el tiempo corre, pero tenemos que concentrarnos en lo que tenemos en lugar de lo que está sucediendo. La fase 4 va a ser una fase de tres semanas, como mínimo, y los Opresores están tan ocupados tratando de encontrar a los que se escaparon que somos lo último en sus mentes. Tienen hombres adicionales en las prisiones. Mantén tus ojos en estas cosas".

Ella asintió, y una vez más se disculpó. "Vuelve al trabajo, Josh. Voy al gimnasio a tratar de calmar mi miedo y mi frustración".

Él respondió: "Esa es una gran idea. Te veré

cuando vuelvas, ¿de acuerdo, Kam?". Con eso volvió a su escritorio, miró hacia la pantalla, y comenzó a escribir de nuevo.

Ella lo miró solo por un momento antes de agarrar una muda de ropa limpia y sus artículos de higiene. Planeaba ducharse cuando terminara de hacer ejercicio. Aprovechando que iba a estar ahí cercana a las duchas.

"¿Quieres que te traiga comida?". Preguntó Kam tímidamente, no queriendo interrumpirlo aún más.

Josh ni siquiera habló. Simplemente siguió escribiendo y negó con la cabeza 'no'.

Salió de la oficina afligida por cómo lo había tratado. No solo explotó, sino que también había insultado su inteligencia y capacidades. No merecía nada de lo que acababa de hacerle.

Ella llegó al gimnasio, puso sus cosas en un casillero que estaba abierto, y tomó las pesas con rudeza. Era hora de recuperar el enfoque.

CAPÍTULO 15

Después de su última serie de repeticiones en la última máquina de pesas, Kamryn soltó el peso y relajó su espalda en el banco. Se secó el sudor del pecho y la cara, luego dejó caer la toalla en el suelo junto a ella y cerró los ojos.

De repente, estaba en su pequeño departamento. Estaba sentada frente a su computadora trabajando diligentemente, sabía lo que estaba haciendo. Estaba pirateando el sistema de seguridad de Ameribank en un intento de confundirlo y plantar un video falso. Esto permitiría al 'cliente' que la había contratado irrumpir en el banco sin dar a la policía ningún tipo de alarma, y bloquearía sus actividades durante ocho horas completas. Saldría con millones.

Trabajó duro, cada vez más cerca de su objetivo. Sabía exactamente qué pasos tomar, y cada paso lo dio con tanto cuidado y con éxito como el anterior. Antes de saberlo, estaba llamando a su chico.

Ahora estaba hablando con él en su habitación. Le decía que controlaría el sistema bancario remotamente mientras él hacía el trabajo. Su estómago revoloteó de excitación y ansiedad. Este trabajo le generaría una gran cantidad de dinero. Podría conseguir un nuevo lugar para vivir, tal vez incluso un auto.

Kamryn repentinamente se despertó. Se sentó rápidamente, y olvidando sus pertenencias en el casillero, salió corriendo del gimnasio. Necesitaba llegar a la oficina y hablar con Josh. ¿Qué tal probar con el video? Ni siquiera había pensado en este aspecto del sistema de los Opresores, y ella sabía que tenían uno. Así era como estaban monitoreando tan cercanamente a la gente de la calle. Así es como descubrieron las prisiones.

Bajó del ascensor y corrió por el pasillo hacia la oficina. Todo lo que podía pensar era cuán desesperadamente necesitaban imágenes satelitales de Washington y de todas las otras ciudades. Tenía que alimentarse en los sistemas de las naves mientras preparaban el ataque. Sin esto, los Opresores se estarían riendo mientras observaban a los tontos humanos establecer su estrategia. Diablos, estaban expuestos a simplemente volar todo el lugar en pedazos.

Abrió la puerta de la oficina. "¡Josh, escucha! Acabo de pensar en un punto vital que ni siquiera había considerado. ¡Tengo mucho trabajo que hacer!"

Josh saltó en su asiento y se giró. "Maldición, Kamryn. ¡Me echaste un susto del demonio! ¿De qué estás hablando?".

"¡Un video! Sabemos que lo tienen. Funciona con el mismo sistema alienígena que estamos intentando infiltrar. Tengo que obtener imágenes satelitales de las ciudades de las víctimas para alimentar a las naves durante nuestra configuración y ataque o van a tener asientos de primera fila para burlarse de todo nuestro plan". Ella se sentó con fuerza en el sofá, respirando sofocadamente y sudando. "¡Tenemos que hablar con Wells de inmediato!".

Los ojos de Josh se habían ensanchado tanto como los platillos que flotaban en el cielo. "¡Oh, bien!, entiendo, lo llamaré de inmediato".

Josh tomó su teléfono y marcó la extensión de Wells. "Señor Wells, habla Josh, necesitamos reunirnos con usted de inmediato". Dijo unas palabras de acuerdo y colgó el teléfono. Agarrando su libreta y bolígrafo, dijo: "Vamos, y toma tu libreta. Ya has dicho lo suficiente. Esperemos que estén ocupados".

"Tal vez el video es todo lo que alguna vez tuvieron. Tendrían que tener super oído para conocer nuestros planes, y si ese fuera el caso, ya estarían en el Pentágono. Cuanto más lo pienso, más creo que dependen del video más de lo que pensamos. Nos están monitoreando con algún tipo de cámara, pero tomaré el papel de todos modos".

Agarró su libreta y lo siguió fuera de la oficina. En solo minutos, estaban sentados en la oficina de Wells, y Kamryn comenzó a explicar cuál era su problema y la necesidad resultante.

"Primero, señor Wells, quiero enfatizar que no creo que puedan 'oírnos', o siquiera leer nuestras mentes. Creo que nos han estado monitoreando a través de algún tipo de sistema de grabación de video". En este punto, ella comenzó a escribir en la libreta. Wells parecía un poco aterrorizado por todas las palabras que salían de su boca. Empezó a hacer anotaciones respecto a la transmisión, y lo que necesitaría para piratear con éxito el sistema de sus naves y plantar imágenes falsas para mantenerlos alejados.

Leyó sus escritos, luego al levantar la vista, le preguntó: "Incluso si logramos suplantar las imágenes, ¿no podrán los chicos de la tierra ver lo que estamos haciendo estratégicamente aquí e intentarán luchar contra nosotros?".

"Es por eso que cambiamos las imágenes primero, mucho antes, así como la señal falsa. Eso detendrá cualquier habilidad que tengan para contactar a los Opresores estacionados aquí, y si tratan de asomar sus feas cabezas, podemos acabar con ellos. Por lo que dijo el Presidente, son tan mortales como nosotros. Solo necesitamos un empujón. Sin imágenes satelitales alimentadas a las naves, nos atacarán desde el principio".

Wells no dudó. Cogió su teléfono y pronto estuvo en línea con Matthew Johnson. Lo siguiente que sabían era que Johnson estaba en la oficina de Wells con ellos, y que estaba usando el teléfono de Wells y las notas de Kamryn para comunicar lo que necesitaba el departamento de defensa y Seguridad Nacional.

Una vez que Johnson colgó el teléfono, se volvió hacia Kamryn. "Me siento tan aliviado de saber que pensaste en esto antes de que fuera demasiado tarde. Van a sacarnos imágenes por satélite, para que las utilices, según sea necesario, de cada de las zonas afectadas, día y noche. ¿Creer que podrás resolver las cosas a tiempo?".

"Absolutamente, pero necesito configurar algunas cosas mientras Josh está reparando el código. Ambos deben completarse e implementarse juntos, o nuestra rebelión va a ser un desperdicio de tiempo".

Johnson asintió. "Creo que todos nosotros tenemos una comprensión muy firme de lo que necesitas y por qué necesitas ponerse a trabajar ya mismo. Planearemos que tengas las cosas listas para cuando el código esté funcionando". Hizo una pausa y miró a Kamryn pensativo. "No puedo creer que fueras la verdadera mente maestra detrás del robo de Ameribank. Nunca atrapamos a ese tipo, aunque sabíamos quién era".

"Ojalá lo hubieras atrapado. Me dio un solo una parte de mi porcentaje". Tenía ira en sus ojos cuando lo dijo. "Pero si hubiera sido honesto conmigo, no estaría ahora aquí para ayudar con esto. Hubiera estado en las Islas Vírgenes en algún lugar de la playa". Sonrió sombríamente. Todo sucede por una razón.

Con eso, los cuatro se separaron, Wells y Johnson permanecieron en la oficina mientras Kam y Josh volvían a la suya.

Quinta semana, la Fase 5 comenzó sin incidentes, con los Opresores agrupando a la segunda hornada de personas de clase media a alta para llevarlas a la instalación para realizar pruebas. Ante esto, señalan que cientos de niños que lucharon por permanecer con sus madres y padres fueron asesinados sin piedad por los invasores, y que a los bebés ya no se les permitió quedarse con las madres. Eran equipaje extra, y estaban siendo masacrados por puñados.

Muchos padres también fueron asesinados por tratar de proteger a sus hijos. El número de los que morían a manos de los Opresores aumentaba día a día, cada día más. El número que realmente se seleccionaba para las pruebas cada vez era más reducido. ¿Qué iba a pasar cuando llegaran a los que tienen autoridad y a los trabajadores del gobierno, los últimos en ser pastorados?

Josh y Kamryn no tuvieron tiempo de considerar estos hechos. Empezaron a trabajar duro para descubrir la naturaleza de su sistema de video y aprender a acceder y controlarlo. Kam fue capaz de hackear fácilmente su señal actual, y disfrazó su presencia con eficacia. Josh trabajó junto a ella para librar todos los errores de su programa.

Hicieron un par de pruebas más, y el final fue exitoso. No solo iban a poder enviar una señal falsa a la nave de arriba, sino que también podrían llevarlo a todas las naves que se encontraran en el planeta. Ahora, lo único que quedaba por hacer era localizar su sistema de video, y esto estaba resultando un poco más difícil de lo que Kamryn quería admitir.

Inicialmente, todo lo que pudo rastrear fueron los registros. La mayoría de ellos ilegibles, sin interpretación, y eso llevó tiempo. Simplemente no podían arriesgarse a dejar registros visuales solo por no interpretar el código pacientemente. Esto tenía que hacerse. Fue frustrante y llevó mucho más tiempo aún.

Luego, descubrió un sinnúmero de registros de voz, una vez más, todos en el idioma de los Opresores, eran escalofriantes. Descubrieron que este no era el primer planeta en el que habían llevado a cabo sus planes egoístas y morbosos. Esto había estado sucediendo durante milenios, y por lo que fueron capaces de entender, continuaría para siempre si alguien no los detenía.

Continuó su búsqueda a través de sus bases de datos, descubriendo que había una 'nave madre' principal, y esta nave no estaba en la atmósfera de la Tierra. Estaba en el espacio, y era la fuente de su señal. Si bien esta información valiosa le ayudaría a bloquear la señal de ellos y sustituirla por la suya, no le servía de nada cuando se trataba de rastrear videos.

La semana seis de la invasión se centró una vez más en la clase media, y Superior anunció al presidente Mason que la semana siete sería el comienzo del pastoreo a la clase alta y próspera del mundo, a falta de los líderes. Anticiparon que esta fase duraría solo dos semanas, y limpiarían los 'restos' escapados de la clase media y baja durante este tiempo. Eran tortuosos y muy, muy pacientes.

Kamryn siguió adelante.

Durante el día tres de la semana seis, Kamryn era la única en la computadora. Josh estaba en la cafetería, luego iría al gimnasio y se ducharía mientras ella trabajaba. Estaba aprendiendo a conocer cómo se sentía cuando estaba tan presionado y trabajando solo.

También ella estaba mental, física y emocionalmente exhausta, pero había una cosa por la que estaba contenta. En solo un par de semanas, había aprendido lo suficiente sobre el lenguaje de los Opresores y los sistemas de programación, de manera que solo necesitaban recurrir a servicios interpretativos de vez en cuando. De hecho, no lo había necesitado ni una vez en los últimos dos días.

Por lo tanto, continuó desconectando, preparando secuencias de video para cada ciudad alrededor del mundo que estuviese eclipsada por las naves enemigas. Usó filmaciones solo durante períodos específicos del día para poder simular la sombra de sus naves. Para el quinto día de la semana seis, Kamryn tenía un inventario completamente preparado de secuencias de video simuladas para colarlas en su sistema, una vez que fue capaz de rastrearlo específicamente, dio en el punto.

Con la semana seis llegando a su fin, y los acaudalados que preparándose para ser pastoreados, Josh y Kamryn trabajaron más duro que nunca. La mayor parte del tiempo actuó como su asistente. Le llevaba todo lo que precisaba, tal como ella lo había hecho cuando estaba ocupado escribiendo código. El convenio funcionó bien, y el estrés que experimentó Kamryn hace solo una o dos semanas pareció haberse disipado en el abismo de su actividad.

"¿Cómo va el seguimiento de su video?". Josh le preguntó en voz baja. Había aprendido a no distraerla con ruidos; significaría la pérdida completa de suconcentración.

Se sentó y dejó escapar un suspiro, estirándose. "Solo hay unas pocas señales más que descomponer, y tiene que ser una de esas. Para ser honesta, no creo que en el que estoy trabajando ahora sea el que buscamos, pero con cada error nos acerca más al éxito. Una vez que lo encuentre podemos hacer que las cosas funcionen. Solo tenemos un par de semanas para actuar antes de que sea nuestro turno de ir a las pruebas". Giró la silla para mirarlo, con las palmas de las manos sobre los muslos. "Estoy segura de que lo lograremos. Aún así no me gusta adelantarme a los hechos, ¿sabes?".

Josh asintió. "Tengo fe en ti, Kam".

"Sé que lo haces". Es muy motivador, que alguien crea en ti. No es que nunca lo haya tenido antes, pero nunca en una luz tan positiva. Es energizante". Le sonrió.

"Creo que deberíamos tomarnos media hora para ir a comer, ya sabes, despejarnos un poco con algo de comida", le dijo Josh. "¿Qué dices?".

"Siempre y cuando solo sea media hora. Estoy tan cerca ahora que la desaceleración no es una opción, y nuestro marco de tiempo también me está presionando bastante". Ella se levantó y voluntariamente lo siguió fuera de la oficina.

Llegaron a la cafetería y se alinearon detrás de otros tres empleados, cada uno luciendo completamente exhausto y demacrado. Arrastraban los pies hacia adelante empujando sus bandejas como zombies con cerebros potenciales.

"Me pregunto si nos vemos así de destruidos", Kamryn le dijo a Josh. "¿Acaso nos reconoceríamos a nosotros mismos? No he visto mi propio reflejo en dos días, lo que me recuerda: necesito una ducha desesperadamente".

"Puedes tomar una cuando hayamos terminado de comer si quieres", respondió.

Kam negó con la cabeza. "No es una buena opción, no hoy al menos. Quiero al menos terminar de analizar el video que estoy viendo en este momento y mejorar el siguiente antes de que termine el día".

Josh eligió una hamburguesa con queso y papas fritas empapadas. Estaba harto de la ensalada, y las últimas dos que quedaban estaban marchitas y oxidadas. Se había dado cuenta de que en este lugar lo que una vez habían sido maravillosas opciones de comida, poco a poco se habían vuelto muy pobres. A pesar de todo, estaba de humor para probar algo con sabor en lugar de muchos nutrientes.

Kamryn tenía el mismo antojo. Eligió dos pequeños contenedores de cartón con dedos de pollo y dos contenedores de papas fritas. Aparte de las papas, tampoco tenían verduras en sus platos. Josh estaba sorprendido por sus opciones. Para una chica con su contextura, siempre había admirado sus elecciones de comida. Ahora la admiraba aún más por elegir la opción de grasas y calorías. Ciertamente lo necesitaba, era pura piel y huesos.

Se sentaron con su comida después de escoger

algunos condimentos, y comenzaron a devorar sus platos, sin hablar. Los únicos sonidos que venían de su mesa eran su respiración y el masticar de la comida. Fue un sentimiento pacífico y confortable para ambos.

Salieron del restaurante sintiéndose gordos, atrevidos y rejuvenecidos. "Voy al gimnasio y a las duchas. ¿Volverás al trabajo ahora? Josh habló mientras la acompañaba a los ascensores.

"Sí, ya sabes, no puedo retroceder ahora", respondió ella. En el ascensor le sonrió, y él plantó un beso firme en sus labios.

"Te veré pronto, ¿de acuerdo? Buena suerte, Kam".

Su sonrisa se amplió. "Te diría que te rompas una pierna para desearte suerte como los americanos, pero vas al gimnasio. Que tengas un buen entrenamiento y un buen baño".

Se separaron, Kam subió al ascensor y Josh se dirigió hacia el pasillo en la dirección opuesta a la cafetería. Ella lo vio alejarse hasta que las puertas se cerraron.

Ella pensó en la familia de Josh. Hace cuatro días, intentó llamarlos, sin obtener respuesta. También había intentado con varios otros miembros de la familia en un esfuerzo por obtener información, pero fue en vano. Ambos sabían lo que eso significaba, pero desentonarse era inútil. Él apenas derramó unas lágrimas mínimas, pero el dolor todavía llenaba sus ojos. Tratando de disimular, siguió adelante. Ella lo abrazó y, mientras lo consolaba, descubrió que estaba pensando en su propia familia, la familia de hace mucho tiempo. No sentía dolor o pena ante la idea de que alguien de su pasado estuviera en el pastoreo, y esto la hacía sentir un poco culpable, si no egoísta.

De vuelta en la oficina, se dispuso a seguir con sus tareas, y en una hora había llegado a la sólida conclusión de que la última señal de que se estaba desglosando no tenía nada que ver con la transmisión de video que intentaba señalar. Quedaban tres restantes por detectar, escogió uno de forma aleatoria. Después de llamar a recepción para tomar una taza de café, comenzó el proceso de descifrado.

Josh regresó poco después de que ella comenzó, su cabello oscuro y rizado mojado y rebelde. Parecía refrescado. Ambos habían empezado a guardar sus ropas en los casilleros abajo para que no tuvieran que arrastrar cosas de ida y vuelta solo para darse una ducha. Además, las instalaciones de lavandería estaban ubicadas en el mismo piso que el gimnasio, y les facilitaba las cosas a los dos.

Apenas regresaba su atención a la computadora cuando él regresó, e hizo todo lo posible para no distraerla de su trabajo. Más bien, agarró su teléfono inteligente y comenzó a leer uno de los muchos libros que había descargado. Había varios, se preguntó por qué no se había tomado el tiempo de leer más antes de que todo esto sucediera. ¡Tanto que hacer en la vida, y demasiadas cosas habían dado por hecho! La idea y los sentimientos que eso le produjo, de hecho, fueron agridulces.

Sus géneros de lectura predilectos eran típicamente

de terror o ciencia ficción, pero ahora parecían opciones insípidas. Había un libro de un autor conocido por su obra de autoayuda. Su tío lo había recomendado y lo había descargado para apaciguar al hombre, sin tener la intención de leerlo. Ahora parecía inútil, pero se sintió obligado. ¿Quién lo sabría? Quizás aprenda algo y viva lo suficiente como para aplicarlo a su vida.

Leyó durante dos horas seguidas, completamente absorto en el material, y finalmente sacó los ojos de la pantalla de su teléfono. ¡Casi había caído en trance! Necesitaba hacer que la sangre fluyera nuevamente. Se puso de pie para estirarse, y fue entonces cuando se dio cuenta de Kamryn. Estaba profundamente dormida, sentada en la silla de su escritorio, con la cabeza y los hombros caídos sobre el teclado. Él sonrió y la observó dormir por un momento. Estaba agotada, pero había llegado a conocerla lo suficiente como para saber que si la despertaba para acostarse, se negaría. En cambio, la levantó suavemente de la silla, la acunó en sus brazos y la acostó en el sofá y la cubrió con una manta. Ella no se movió.

Josh se acostó en el piso junto a ella después de bajar las luces de la oficina. Ella estaría enojada con él por no haberla despertado, pero el hecho era que bajaban sus capacidades si no descansaban adecuadamente. Él sonrió silenciosamente, ella era adorable. Era muy hermosa, y aunque fuera por un tiempo muy, muy corto, era suya. Siguió sonriendo cuando puso la alarma en su teléfono.

En cuestión de minutos, él también dormía profundamente.

∞

El primer día de la semana siete empezó del pastoreo para los ricos y la continua búsqueda por parte de los Opresores de aquellos que habían logrado escabullirse. La cantidad de personas que lograron esconderse era increíble. Cada día el enemigo encontraba decenas de ellos en todo el mundo, y se anticipó que esto continuaría.

El presidente Mason se había reunido con Superior y sus hombres una vez más, esta vez para discutir su progreso.

"Como saben, estamos llegando a la conclusión de nuestro proceso. Su gente ha sido muy cooperativa, al menos, considerando que no es natural la entrega de la libertad", comenzó Superior. "Esta es la séptima semana del proceso de pastoreo, y anticipamos que tomará de dos a tres semanas para completarse. Al final de ese tiempo, se espera que todos los niveles de las autoridades de su gobierno se rindan a las instalaciones de prueba".

Mason asintió, con el estómago revuelto violentamente de miedo y aprensión. ¿Qué pasa realmente en esas 'instalaciones?'. Muy en el fondo, no tenía interés de saberlo.

La verdad del asunto era que los Opresores habían sido honestos. Las pruebas se llevaron a cabo, y los fuertes serían transportados a un planeta diferente para sostener la vida de la raza humana. Varios artefactos voladores habían sido traídos a la superficie del planeta, de dónde no estaba seguro. Su propósito era transportar a aquellos a quienes se les permitía vivir, y algunos ya habían sido llevados allí.

Mason preguntó: "En cuanto a las naves, ¿me preguntaba si sus hombres nos transportarán? De lo contrario, ¿cómo nos trasladaremos de manera segura a nuestro destino?".

"Muy buena consulta, y el hecho de que me pregunte me hace creer que está aceptando la necesidad de cooperar. Yo responderé. Están programadas para piloto automático, y su curso ya es 'conocido' por la nave", respondió Superior.

Él continuó. "Dado que nos estamos acercando al final de nuestro tiempo juntos, es esencial que las personas que quedan pongan la menor resistencia posible. Encontrarán todo el proceso mucho más fácil si cooperan, como han descubierto. Todos ustedes tienen la oportunidad de continuar la vida, simplemente no en el planeta de su nacimiento".

Mason había terminado de hablar con él, pero no tenía sentido actuar como un asno. Continuó de pie, escuchando y asintiendo obedientemente, incluso ofreciendo una inclinación de cabeza o una sonrisa de labios apretados de vez en cuando. Los ojos de reptil de Superior se clavaban en él constantemente, haciéndolo sentir incómodo, pero se negó a revelar su incomodidad.

"Entonces, comienza la semana siete, y la

recolección de los fugitivos continúa. Como dije, dos o tres semanas, presidente Mason, y usted y el resto de las personas restantes comenzarán sus pruebas. Esta situación casi ha terminado para todos nosotros". Se detuvo. "La emoción no es algo que sentimos con fuerza y regularidad, pero ahora la experimentamos. Sepa que esto nunca ha sido agradable para nosotros, en ningún momento, bajo ninguna circunstancia".

Mason asintió una vez más. Dudaba mucho que le molestara al líder hacer lo que hacían, pero si era necesario tranquilizar al Jefe de Estado alienígena, entonces Mason lo haría. Sabía que tenían un plan, no importa cuán vago, estaba en marcha. Solo esperaba que todo se completara pronto.

Muy pronto.

La reunión había terminado con Superior uniéndose a sus lacayos, y Mason reincorporándose a los suyos. Discutieron las palabras pronunciadas y consideraron sus propias posiciones. Tenían muy poco tiempo para completar su plan. Si no lo hicieran, algunos tendrían que esconderse de los Opresores para distraerlos y ejecutar el plan en un intento de salvar a la humanidad.

El presidente Mason sabía que su gente en el Pentágono, incluidos esos dos chicos cibernautas, trabajaban sin parar. Recibía actualizaciones periódicas sobre su progreso, y era plenamente consciente de que se trataba de un proceso. La paciencia era su mayor fortaleza en este momento; ciertamente no era el enemigo. Todos sabían quién era realmente el enemigo.

Levantó la vista hacia sus hombres. "Miles, contacta

a Matthew Johnson en el Pentágono y recibe la última discusión que tuvimos. El hecho es que todo lo que podemos hacer es esperar nuestro momento". James asintió y se puso de pie, marcando su celular mientras se alejaba de los hombres para poder tener su conversación.

Mason comenzó a envolver las cosas. "Si alguna vez necesitamos a Dios, señores, ahora es el momento".

R.W.K. Clark

CAPÍTULO 16

Semana Siete, Día Dos

Kamryn estaba en racha, y ella lo sabía. Estaba desconectando para descifrar la penúltima señal, y aunque se veía bastante sombría, estaba segura de que esta era la señal de video. Como dice el viejo refrán, lo que estás buscando está, por lo general, en el último lugar donde miras. Afortunadamente, era el penúltimo.

Pero ella no podía saltar el arma. La conclusión era que necesitaba estar segura, y aunque estaba segura, quería una señal de video completamente descifrada. En su estimación, ella estaba a solo horas de tenerlo. Estaba cerca.

Una vez que completara esta tarea, Josh la acompañaría arriba a la oficina de Wells y les haría saber antes de seguir adelante con cualquier cosa. Tenían una señal falsa que funcionaba para hackear el sistema alienígena con el fin de distraerlo. Ella había creado un video falso compuesto por imágenes satelitales de cada ciudad. Ahora todo lo que tenía que hacer era asegurarse de que trabajarían estudiando cómo se veían los videos de los Opresores. Sabía que había avanzado un poco al desarrollar las imágenes falsas sin saber lo que estaba simulando, pero el hecho era que tenía que hacer algo mientras Josh se deshacía de los errores con su escritura de códigos. Si necesitaba ajustarlo, lo haría. No hay problema.

Tecleaba sin cesar, y con cada golpe que daba, se acercaba más y más a la finalización de su objetivo. Estaba segura de que lo tendría descifrado y visible para la noche. Ahora era la una de la tarde.

Josh había bajado a comer. Ella había estado demasiado ansiosa como para comer, y por lo tanto optó por mantenerse trabajando. Estaba contenta, porque las cosas se mostraban más esperanzadoras con cada segundo que pasaba. Josh le traería comida, de todos modos. Últimamente, él había estado molestándola, diciéndole que se veía demasiado delgada. Ella lo sabía. Siempre había sido pequeña, y sus jeans, una vez bien ajustados, se amoldaban a su cuerpo huesudo. Realmente no importaba. Ella no tenía poder para cambiarlo ahora mismo.

Tal como esperaba, Josh abrió la puerta de la oficina unos segundos más tarde con un recipiente que contenía una pizza y un vaso alta de refresco helado. Él le había prohibido beber té. Necesitaba calorías.

Se sentó en su escritorio y comenzó a servirle la comida. Apenas apartó la mirada de la pantalla para mirar, pero sabía que la haría tomarse un breve descanso, aunque solofuera para comer lo que había traído. Se concentró en terminar de descifrar esta etapa para poder llenar su barriga y volver al trabajo.

En solo unos minutos, se obligó a salir de la

computadora y se volvió hacia él sonriendo. Aún no le había dicho que creía que este era el video. Todavía no se sentía completamente segura. El hecho era que no había terminado, pero estaba segura. Lo necesitaban todo si querían falsificar un video de reemplazo adecuadamente, por supuesto, pero sabía que era seguro decírselo.

"Gracias por la pizza y el refresco, Josh. ¿Qué comiste tú?". Descubrió que de repente estaba hambrienta, incluso por la esponjosa pizza grasienta en el escritorio. Ella tomó una porción ansiosamente y le dio un bocado grande antes de mirarlo para escuchar su respuesta.

Él observó la salsa de pizza correr en su barbilla y sonrió. "Lo mismo, pero comí tres porciones. Por cierto, tienes salsa en tu barbilla", se rió entre dientes,

"Lo sé, puedo sentirlo. Ni siquiera voy a limpiarla hasta que haya terminado; me llenaré de nuevo. Estoy muerta de hambre". Ella tomó otro gran mordisco.

Él asintió. "Ciertamente estás más animada, ¿verdad? ¡Qué alegría verte sonriendo!". Has estado tan concentrada en el trabajo, bueno, ambos lo hemos estado, que parece que nunca nos reímos".

"Siento que tengo algo de qué reírme".

Sus ojos se abrieron un poco. "¿De verdad? ¿De qué cosa?".

"Esta es la transmisión de video del Opresor, Josh", respondió con una sonrisa cubierta de salsa.

"¿Ya lo tienes?". Él contuvo la respiración.

Ella asintió. "Sí".

"¿Qué sigue?". Él quería saberlo todo. La mirada en sus ojos lo dejaba en evidencia.

Devoró el trozo que le quedaba en la boca, y buscando una servilleta, se secó la cara antes de continuar. "Necesito descifrarlo por completo para tener acceso a todas las imágenes que poseen. Necesito comparar los vídeos con lo que he creado, y luego realizar los cambios necesarios en los nuestros para que se parezcan suficientemente a los de ellos. Una vez que estén hechas esos dos tareas, subimos con nuestro trabajo al piso de arriba, y ¡Voila!".

Había esperado que él saltara de un lado a otro de la emoción, pero en lugar de eso soltó una ráfaga de aire y se sentó pesadamente en su silla. "Sabía que podías hacerlo. Lo sabía, Kam. ¡Lo sabía!".

"Siempre lo supe. El tiempo agotándose es mucha presión, y eso me hizo dudar más de una vez. Pero supongo que terminaré esta tarde a más tardar. Estoy a tres cuartas partes del camino. Estoy emocionada de ver lo que tienen sobre nosotros. Y estoy aún más emocionado de perfeccionar las falsificaciones y hacer una bola de nieve a estos imbéciles". Y hambrienta, se volvió hacia su pizza hambrienta.

Su sonrisa se extendió de oreja a oreja. "Come, disfruta. Sin duda lo mereces. ¡Sácanos de esto y lo celebraré contigo por el resto de mi vida!".

La sonrisa se escapó de su rostro. ¿Dijo él lo que ella pensaba que había dicho? Se le acababa de... ¿proponer? No lo hizo de forma que ella pudiera hacer suposiciones o tomárselo en serio, así que sonrió de nuevo y continuó masticando el pedazo que tenía en la boca.

"Suena divertido".

Terminó la comida, se tragó la mitad de su refresco y se excusó para ir al baño. Cuando ella regresó, Josh estaba estudiando el código en su computadora. Estaba tratando de mantenerse tranquilo para que ella pudiera concentrarse.

"De vuelta al trabajo", dijo. Él asintió y sonrió en respuesta antes de volver a su pantalla.

Durante las siguientes cinco horas, Kamryn se concentró en el proceso de descifrado. Esto era definitivamente el video, por lo menos dos meses de grabación, si no más. Llevaban poco menos de dos meses de pastoreo, por lo que ella asumió que consistiría en el monitoreo de la raza humana que habían estado haciendo.

A las cinco y diecisiete, terminó. Josh estaba dormido en el sofá, y aún no lo despertaría. Quería echar un vistazo antes que nadie; después de todo, se lo merecía. Ingresó, ocultándose con cuidado, y robó la totalidad de los archivos, tomando la siguiente hora para descargarlos, y eso que estaba usando alta velocidad. Gracias al Señor que no habían atacado en los días en que usaban el acceso telefónico aquí en la Tierra. ¡Qué desastre hubiera sido!

Poco menos de una hora más tarde, Kamryn comenzó a ver lo que resultaron ser videos de vigilancia sorprendentemente pobres del planeta Tierra. Eran granulosos, y no estaban a color. Sería casi demasiado fácil fingir lo que ella consideraba necesario para satisfacer sus necesidades; muy fácil.

Los más recientes, los de hoy en día, no eran diferentes. Podía ver que la vigilancia ni siquiera había comenzado hasta que llegaron las naves, por lo que usar imágenes satelitales de las horas más oscuras de la noche había sido la elección correcta. Ella incluso podría identificar la mayoría de las ubicaciones. Todo parecía mejorar.

Se obligó a alejarse de la computadora y giró la silla para mirar al dormilón Josh. Sonrió mientras lo miraba respirar, mientras su pecho subía y bajaba. De repente, se llenó de deseo. "¿Qué diablos?", Ellos podrían dedicar un poco de tiempo a lo mejor de la vida.

Se levantó y caminó hacia la puerta, cerrándola con llave cuidadosamente para no despertarlo. Luego se quitó la ropa y avanzó suavemente hacia él. Ella se sentó a horcajadas sobre su forma inmóvil ansiosamente, y de forma gentil bajó su cuerpo, sentándose directamente sobre él.

Él se movió inmediatamente, sus ojos se abrieron y lucharon por enfocarse. No le tomó mucho tiempo. Ella comenzó a desabrocharse la camisa, sin apartar los ojos de los suyos. Podía sentirlo creciendo progresivamente duro como una roca debajo de ella. Guau, ¡ella se excitó! Se inclinó y lo besó apasionadamente, y él le devolvió el favor, sus manos se enredaron en su cabello, sus caderas se arquearon de emoción. Ella se enterneció más fuerte contra él.

Luego comenzó a luchar para quitarse los

pantalones. ¡Estos pantalones necesitaban desaparecer justo ahora! Ella se bajó y se arrodilló junto al sofá para poder besarlo mientras se desnudaba. Luego lamió uno de sus pezones, incluso mordiéndolo un poco. Él gimió e intentó sentarse, pero actuó rápido, empujándolo hacia abajo y sentándose a horcajadas sobre él una vez más. Ella estaría a cargo.

Lo dirigió hacia adentro de ella, y con un empuje hacia abajo de sus caderas lo recibió ferozmente. Él obedeció, dejando escapar un suspiro de satisfacción. Ella lo montaba con fuerza, enterrando la cara en su hombro, y luego se volvió para buscar sus ojos y boca. Él tenía una mirada lejana en sus ojos. Iba a acabar pronto, y ella también.

Sus movimientos se calentaban cada vez más con cada golpe. Sus manos se movían febrilmente arriba y abajo de su espalda antes de agarrar fuertemente sus nalgas y forzar sus caderas hacia abajo con fuerza sobre él. La acción la envió al límite, y ella alcanzó el orgasmo con tanta fuerza que los dedos de sus pies se curvaron. Se incorporó y se apretó contra él hasta que llegó a la plenitud de su orgasmo. Ella colapsó sobre él, con su cara una vez más enterrada en su hombro.

"¡Vaya!", Josh finalmente habló. "¡Supongo que ya terminaste el video!". Esto la hizo reír mucho. "Puedes apostar tu vida, caballero, y todo está bien".

"Quiero ver. Vamos".

Se levantaron, se limpiaron y se vistieron. Una vez en la computadora, ella buscó sus archivos descargados. Miraron atentamente, discutiendo todos y cada uno de los videos y tomas individuales. Josh también se sorprendió de la suciedad de los videos.

"No puedo creer que estos tipos tengan un sistema de cámara tan horrible. Eso es lo que es. Sus computadoras son increíbles. No deben mirar TV o películas en su planeta". Sacudió su cabeza con disgusto.

Ella estaba sonriendo y asintiendo. "Esa es mi deducción, también".

Miraron hasta que ya no necesitaron más. Kamryn habló, diciendo "dame una hora para aplicar algunos filtros a nuestros archivos falsos para que parezcan de menor calidad. Muy facil. Entonces llamaremos a Wells".

CAPÍTULO 17

Peter Wells estaba sentado en su escritorio, mirando una pintura en la pared del fondo, no la estaba viendo realmente. La pintura era lo último en su mente. Estaba pensando en la totalidad de su vida.

¿Cómo podría un hombre con su educación y formación militar sentirse tan débil? No solose sentía débil, sabía que estaba en un punto crítico. El tiempo se estaba acabando para todos, y no quería por nada del mundo pasar el resto de su vida sin su esposa.

La semana 7 estaba en marcha, y él no había podido verla en absoluto.

La idea de lo que ella podría estar pasando lo hizo sentir mal. Su estómago ardía por el estrés que su imaginación le estaba dando. Preferiría morir a llegar a algún planeta lejano solopara descubrir que ella no había pasado la prueba. Pero si él se quitaba la vida, nunca lo sabría. ¿De verdad quería que enfrentara ell futuro sola si lograse pasar? Estaba tan confundido, tan desgarrado.

Había permitido que fugaces pensamientos de suicidio pasaran por su mente antes. Siempre los bloqueaba; era su creencia que todos experimentaban estos pensamientos, y llevarlo a cabo simplemente nunca había sido una opción.

Ahora era prácticamente una mejor opción que vivir, casi.

Su intercomunicador zumbó, sacándolo bruscamente de su aturdimiento.

"¿Señor Wells?". La voz de Sharon le hacía eco.

Se sentó hacia adelante. "Sí, Sharon".

"El señor Nichols y la srta Reynolds están aquí para verlo".

"Muéstraselo, por favor". Se enderezó la camisa, buscando una corbata que no estaba allí. Luego se pasó los dedos por el pelo. No podía mostrarse débil ante las masas.

Josh y Kamryn entraron a su oficina, ambos sonriendo.

"Hola, señor Wells", dijo Kamryn. "¿Cómo está?".

Peter se aclaró la garganta. "Tan bien como se puede esperar. ¿Qué ha pasado con el proyecto?".

"Es por eso que estamos aquí". Ambos se sentaron en las mismas sillas de siempre. Le traemos buenas notícias".

Su cara se relajó y sus ojos se agrandaron. "Veamos".

Josh se recostó en su silla, permitiendo que Kamryn tuviera la palabra. "He aislado y descifrado su video, señor".

Al principio, parecía que Wells no sabía qué decir. Después de un momento de procesar lo que ella dijo, finalmente habló. "Cuéntame más".

Kamryn procedió a dejarlo todo en la línea. No solohabía aislado la señal de video, ella y Josh habían visto gran parte del mismo también. Explicó sobre la mala calidad del video y le dijo que sospechaba que sus cámaras eran pobres. Luego le dijo que había manipulado el video falso que preparó para que pareciera ser casi idéntico en cuanto a calidad.

"Todo está listo. Todo lo que necesita hacer es seguir adelante".

Wells no perdió el ritmo. Cogió el auricular de su teléfono y marcó los números necesarios. "Johnson, estamos listos".

Colgó tan rápido como marcó. "¿Puedes mostrarme? ¿Puedes acceder desde mi terminal?".

"No lo guardé en la nube", explicó. "Quería mantener las cosas lo más seguras posible. Tendremos que ir a mi terminal o será necesario instalarlo aquí".

Una vez más, levantó su teléfono y marcó. "Hola, Ted. Necesito que tú y un par de chicos más vayan a la oficina de Josh Nichols. Traigan la computadora de la srta Reynolds", hizo una pausa y miró a Kamryn. "¿Qué escritorio es el tuyo?".

"La que tiene todo el papeleo encima ahora mismo", respondió ella.

Continuó hablando con Ted, el hombre de mantenimiento. "Es el escritorio con todo el papeleo encima. Tráiganla a mi oficina y pongan en marcha el sistema. Necesitamos que esto se haga ya mismo". Colgó el telefono. "Johnson se está contactando con el presidente Mason y los demás. Supongo que todos estarán aquí en breve".

En cuestión de un momento, un golpe seco sonó en la puerta de su oficina, y Johnson entró de inmediato. "Vienen en camino".

Kamryn habló, explicando todo tal como lo había hecho con Wells.

Matthew Johnson respondió: "Quiero que sepan que el presidente me dijo por teléfono que el líder lo contactó hace una hora. Comenzarán a arrear a los trabajadores y autoridades del gobierno mañana".

La habitación quedó en silencio. De repente, Josh estalló, "¡Eso es al menos una semana antes! ¿Qué diablos?"

"Sí, eso es correcto, pero estos personajes no han tenido un buen historial en lo que respecta a la honestidad, ¿o sí?". Johnson continuó, "Reuniremos fuerzas e implementaremos el plan mientras estamos bajo tierra. Nos encargaremos de la parte técnica de las cosas desde aquí debido al alto nivel de seguridad. Las tropas se mantendrán en un lugar no revelado hasta que tengamos el video, la señal falsa y todos los demás aspectos en su lugar. Entonces atacaremos. Ustedes dos se quedarán aquí. Es vital que resistamos si queremos que esto funcione".

La habitación quedó en silencio. Después de unos pocos minutos, la puerta de la oficina se abrió y el presidente Mason y sus tres hombres entraron a la habitación, los tres mirando drásticamente como si hubieran visto días mejores.

"Cuéntanos", fue lo primero que salió de su boca.

Kamryn comenzó a decirles, y para cuando casi había terminado, Ted y uno de sus muchachos fueron anunciados por Sharon a través del intercomunicador. En otros veinte minutos, Kam estaba iniciando y poniendo en marcha las cosas.

Juntos, el grupo vio la transmisión de video de los Opresores en fragmentos pequeños y esporádicos. Luego Kamryn procedió a enseñarles lo que había preparado, mostrándoles una pequeña porción de cada ciudad oprimida. Cuando terminó con eso, mostró la estructura de la señal falsa que interferiría con la programación de todas sus naves y otras capacidades.

"Esto abrirá la puerta para nuestro ataque", concluyó.

Mason habló primero. "¿Estamos seguros de que esto va a funcionar?"

"Nada en esta vida es seguro, presidente", dijo Kamryn. "Pero estoy apostando mi vida en eso, literalmente".

Todos los hombres asintieron con la cabeza, como si fuera el momento.

Ella continuó, "Solote he mostrado el proceso de carga en caso de que algo me pase. Ya tengo todas las puertas necesarias abiertas. Si por alguna razón soy capturada en el pastoreo de mañana, aún podrás ejecutar el plan".

"Inteligente, muy inteligente", dijo Mason. Todos volvieron a la formación circular que se había convertido en la norma para estas reuniones. "¿Qué sigue, por lo que a usted respecta, la srta Reynolds?"

Kamryn tardó solo un minuto en pensar antes de responder. "Asumiré que el pastoreo comenzará a las ocho de la mañana, al igual que todas las otras fases. Será imperativo que todos permanezcamos bajo llave, así como con sus fuerzas. Yo me encargaría de eso de inmediato".

Carson Wood, el Secretario de Defensa, habló. "Las tropas son conscientes del plan que hemos elaborado. La clave ahora es ponerlos bajo tierra lo más pronto posible".

Josh dijo: "Piénselo, señores. Los Opresores seguramente saben que las tropas son nuestros luchadores. El presidente está rodeado por cientos cuando se encuentran; nos lo han dicho ustedes mismos. Estaría dispuesto a apostar a que querrán reunir primero a los hombres del ejército".

Obviamente, esto era algo que los hombres a cargo no habían considerado, pero casi de inmediato Henry Whitaker asintió. "Y estaría dispuesto a apostar que tienes toda la razón".

Una vez más, el silencio cayó sobre la habitación. Cuando finalmente se pronunciaron las palabras, vinieron del presidente Mason. "Cuando hablé con el señor Superior antes, dijo que todavía tenían que limpiar un poco de la fase actual. Son las nueve y media de la noche aquí, y hablé con él a las siete. No creo que sea a primera hora de la mañana, así que seguiremos avanzando violentamente con nuestro plan". Se volvió hacia Josh. "Quiero que ustedes dos duerman esta noche. Los necesitaremos bien activos. Asegúrense de estar despiertos a las cinco de la mañana".

Josh y Kamryn asintieron vigorosamente. Él respondió: "No hay problema, señor".

Mason luego centró su atención en los otros hombres. "El hecho más importante a enfrentar es que no sabemos cuál de nosotros va a ser capturado o si lo lograremos. Debemos proceder como si todos y cada uno de nosotros viviéramos para ver otro día. Esta mentalidad será imprescindible para nuestro éxito como nación, como planeta. ¿De acuerdo?". Todos asintieron, "Bien, planten esos pensamientos. Josh, si ustedes dos tienen algo que desean hacer, muévanse. Deja la computadora aquí. Necesitamos tener acceso. Kamryn, ¿tienes respaldo de los archivos?".

Ella sonrió tímidamente, casi como si la hubieran pillado haciendo indebido. "Absolutamente".

"Buena chica, buena chica. Mantenlos a salvo. Os veremos a los dos en esta oficina a las 05:00 horas". Mason dejó caer las manos sobre su regazo, haciendo un gesto de que había terminado.

Josh y Kamryn se pusieron de pie. "Gracias", dijo Josh. "Nos vemos entonces".

En el ascensor, ambos permanecieron en silencio. Mientras procesaban el hecho de que los Opresores habían mentido una vez más, aún así, ninguno de ellos sintió que la esperanza se hubiera perdido por completo, y estos eran los pensamientos que ambos preservaban. El hecho es que lo habían hecho. Juntos habían logrado elaborar un plan sólido para derrocar al enemigo. Fue mágico, y sirvió para aliviar sus miedos a pasos agigantados.

Josh habló. "Digo que pasemos la noche celebrando, ¿qué dices?".

Kamryn sonrió ampliamente. "Estoy muy de acuerdo contigo".

"Bien", respondió. Tengo una botella de vino en mi escritorio que Wells me dio cuando me contrataron. Nunca he sido un bebedor de vino, pero esta noche lo soy. Se supone que es lo mejor que se puede comprar con dinero; dan uno a todos los nuevos empleados".

Se bajaron del ascensor y se dirigieron a la oficina. Kamryn dijo: "¡Nunca me dieron uno así!".

"Creo que estaban bastante distraídos cuando te contrataron, Kam". Ambos se rieron. ¿No era esa la verdad?

Una vez en la oficina, Kamryn puso una mirada lujuriosa en su rostro. "Josh".

Él la miró y reconoció esa mirada de inmediato. Lo hizo sonreír. "¿Qué Kamryn?".

"Me voy a dar una ducha. Te pediría que te unas a mí, pero podríamos tener una audiencia. ¿Qué tal si haces lo mismo, y luego podemos comer y encerrarnos aquí hasta que sea hora de levantarse? ¿Qué dices?".

"Yo digo que, 'Te veo en la cafetería en veinte minutos', ¿cómo suena eso?". Josh respondió.

"Perfecto, gran hombre".

Ambos se dirigieron al ascensor y viajaron al gimnasio donde se separaron para llegar a sus respectivas áreas de ducha. Kamryn agarró dos toallas, una para su cuerpo y otra para su cabello. Luego se dirigió a su casillero y reunió sus suministros para ducharse: champú, gel de baño y esponja para el cuerpo.

Una vez que estaba bajo el chorro de agua humeante, comenzó a considerar dónde estaban ahora en lugar de cuándo todo comenzó. Se sintió tan aliviada de que las cosas se habían dado, lo que la hizo caer en cuenta de la posición en que se encontraba. No se trataba del trabajo; ¡No! Se trataba del hecho de que el trabajo que había hecho probablemente solo pudiera ser realizado por unas pocas personas en el mundo. ¿Alguna vez había dudado de su capacidad para hacerlo? Siendo sincera consigo misma, tendría que decir que sí. En el fondo, donde no hay nadie más que ella, tenía muchos momentos de duda personal. Pero se había presionado hasta el final para salir del desafío. Había estado decidida a superar sus propias dudas, y eso fue lo que la impulsó a tener éxito.

¿Qué podría haber hecho con su vida si hubiera enfocado ese tipo de pensamiento correctamente? Bueno, era una pregunta que quedaría para siempre sin respuesta. El pasado ya se había ido.

∞

Josh estaba parado en la ducha, enjabonándose. El agua se sentía tan bien que deseaba poder permanecer allí, cálido y limpio, para siempre.

Luego pensó en lo que Kamryn tenía para él, y cambió de opinión rápidamente.

Kamryn, tenía que ser la mujer más increíble que

hubiera conocido. Claro, tenía un pasado, pero hombre, ¡Podría hacer cualquier cosa! Era muy inteligente, y por lo que sabía sobre su origen, no era muy bien hablada, pero esta vez lo fue. Habló con el presidente de los Estados Unidos con toda la confianza de alguien que había sido criado para hacerlo, ¡era hermosa!

Él negó con la cabeza en un intento de despejarla de su mente. Vertió un poco de champú en la mano y se lo aplicó a la cabeza. Ella había mencionado ducharse con él. Visiones de su cuerpo entraron en su mente: ¡su vientre plano, piernas delgadas y esos increíbles senos!

"Vamos, Josh, concéntrate. De esa manera, puedes salir de aquí y tenerla justo enfrente de ti", murmuró. No podía concentrarse en el último baño antes de salvar su vida.

Finalmente, se rindió por completo y apagó la corriente de agua caliente. Caminó hacia el banco pegado a la pared y agarró su toalla. Comenzó a secarse el cabello y luego el resto de su cuerpo.

Pensó en las mentiras que los Opresores habían dicho constantemente. Pensó en las instalaciones. Pensó en las naves que transportarían a quienes pasaron las pruebas a su nuevo hogar. ¿Qué pasaría si solo fueran humo y espejos utilizados como arma para infundir falsas esperanzas e incitar a la cooperación por parte de la raza humana?

Realmente no tenía sentido hacerse estas preguntas. Mason tenía razón. Ahora era el momento de pensar a propósito que tenían ventaja en la batalla. Esta era la única forma de avanzar, valiente y luchando. Lo estableció su mente; así como Kamryn lo había hecho. Ella había reunido todo lo que necesitaban para avanzar y atacar no solo a los Opresores que planeaban sobre Washington, sino también a todos los demás en todo el mundo.

Una vez que estuvo vestido, se dirigió a la puerta del gimnasio. Kamryn Reynolds, pensó, aquí estoy.

R.W.K. Clark

CAPÍTULO 18

Kamryn estaba parado afuera de la cafetería esperando que Josh llegara. Para un hombre que seguro toma mucho tiempo en la ducha, pensó. En ese momento se abrió la puerta del ascensor y lo vio salir. Él era sexy. Apenas podía esperar para encerrarlo en la oficina. Tan hambrienta como estaba, el hambre de comida no era nada comparado con su hambre por él.

Josh finalmente la alcanzó. "Bueno, hola hermosa". Su sonrisa era amplia. Solo la vista de sus dientes perfectos le trajo una sonrisa a la cara.

"Gracias cariño". Juntaron sus manos y caminaron hacia la cafetería, haciendo cola detrás de un par de otros. El lugar estaba muerto.

Esta vez eligieron comida festiva. Josh seleccionó dos bistecs que parecían recalentados, pero tendrían que hacer esos, no había mucha opción. Luego optaron por papas al horno y verduras mixtas, y por primera vez, eligieron dos piezas de pastel de chocolate. A pesar de que la comida en la cafetería ya no era tan sabrosa o de alta calidad como lo era antes, esa torta se veía maravillosa.

Ambos amantes optaron por tomar leche fría.

Tendrán vino lo suficientemente pronto, y además, lo necesitarían con el pastel. Se sentaron en una pequeña mesa en una esquina que solo tenía dos asientos.

Parecía una cita real para Kamryn. Al abrir su servilleta, se dio cuenta de que nunca había tenido una cita.

"Josh", comenzó ella.

"¿Qué pasa?". Él ya estaba cortando su bistec. Ella comenzó a curar su papa horneada con mantequilla, sal y crema agria.

Se sonrojó un poco y posó la mirada en su plato. "Nunca he estado en una cita antes". Cuando él no respondió, ella lo miró. La estaba mirando con ojos tiernos, estaba avergonzada. "¿De verdad?".

Su voz era suave y tímida, y se dio cuenta enseguida.

"Sabes, Kam, llevé a una chica al baile de graduación en la escuela secundaria. Y eso ha sido todo. Para ser honesto, siempre he sido un poco raro. Supongo, puedo atribuir mi falta de una relación amorosa a ese hecho", respondió. "Nunca me avergoncé de eso, y tú tampoco deberías estarlo".

Ella le sonrió, y sus ojos le agradecieron.

"Tal vez podríamos considerar esto una 'cita'", dijo.

Josh hizo contacto visual con ella y afirmó: "Ya lo había considerado".

Los dos se rieron y comenzaron a comer. Incluso si esta fuera su última noche libre en la Tierra, no habrían querido pasarla de otra manera.

Para cuando despejaron sus platos, Kamryn ni siquiera estaba segura de tener espacio para el pastel. "Insisto", dijo Josh. "¿Qué clase de chica en su primera cita se niega a comer el postre con su hombre?".

"Ciertamente yo no", respondió Kamryn. "Dame ese tenedor. Te mostraré la forma correcta de comer un pedazo de pastel de chocolate". Cortó un pedazo masivo de la mezcla pegajosa y se la metió al azar en la boca, llenando de crema ambas comisuras de sus labios. Josh se rió. Era adorable.

Pero el pastel se veía increíble, y antes de comenzar, recogió el pequeño plato de papel en el que estaba y lo olfateó. Antes de saber lo que estaba pasando, Kamryn dio un suave empujoncito en el fondo del plato. Su nariz tocó el glaseado, y una gran bola quedó allí cuando él retiró el plato.

"¡Pequeña, sigilosa! ¡Espera a que regresemos a la oficina!". Ambos comenzaron a reír. No podría haber sido más perfecto si los Opresores nunca hubieran llegado.

En otros diez minutos terminaron y se sentaron frotándose la barriga con satisfacción. Eran casi las diez y media.

"Kam, voy a conseguir un par de vasos de papel para el vino. ¿Te veo en el ascensor? Preguntó expectante.

Ella asintió y se limpió la boca con su servilleta. "Te veo allí", respondió.

Kamryn ni siquiera llegó al ascensor antes de que Josh estuviera a su lado. Durante todo el camino de vuelta a la oficina, jugaban y reían como niños. La realidad de los Opresores y el futuro del planeta era lo que estaba más alejado de sus mentes.

Superior estaba sentado en su silla en la nave sobre Washington, D.C. A su derecha estaba Secundario, y Subordinado estaba a su izquierda. Ninguno de los dos estaba sentado; no se les permitía hacerlo. Cuando estabas en presencia de uno al mando, no debía haber ningún tipo de relajamiento. No era aceptable. Esta forma estricta de disciplina conducía al control, ya que muchas personas de la Tierra habían aprendido de la manera difícil en las instalaciones.

Literalmente, se habían tomado millones de pruebas hasta este punto, y solo se había elegido una pequeña fracción para el transporte. Esto no afectaba la conciencia de Superior en lo más mínimo. Así fue como se hizo para toda la historia de su planeta y su gente.

Un estadounidense que trabajaba para este gobierno había acudido a él para darle información con la esperanza de salvar su propia vida. Los había hecho conscientes de que conocía un plan para que los humanos derrocaran a los Opresores. No podía darle detalles, pero sí el lugar. Si bien pudieron monitorear a los humanos con cámaras y acceder a sus computadoras, Superior estaba seguro de que les faltaba algo. Este Mason, su líder, fue demasiado cooperativo en estos últimos días. Una trama solapada no lo sorprendía en absoluto.

Superior había dicho a sus secuaces que llevaran al espía a la instalación más cercana para su custodia. Le aseguró al traidor que no tendría que someterse a las pruebas, pero cuando habló con sus secuaces solo, ordenó que las alimañas se apresuraran. "Y velen por que el fracase". La deslealtad era la mayor señal de debilidad en cualquier forma de vida. El hombre había tomado una prueba de educación escrita, había informado que había fallado y fue exterminado inmediatamente.

Ahora Superior sentado en su silla, los codos apoyados en los brazos y los dedos en forma de campanario que sostenían su barbilla. Había contactado a Mason y se habían conocido, y fue en ese momento que les informó de su intención de reunir al personal del gobierno y a todos los que tenían autoridad el día siguiente. No esperarían otra semana para completar el proceso. El conjunto de los Opresores no podría arriesgarse. ¿Quién sabía de qué eran capaces estos insectos?

Se volvió hacia Secundario, y en su lengua materna, habló. "¿Puedes teorizar sobre sobre lo que están maquinando?". Se negó a dejar que se escuchara la menor cantidad de preocupación en su voz.

Secondary hizo contacto visual con su líder. "No veo cómo podría ser algo más que elemental, un intento infantil de escapar de su destino. ¡No están tan avanzados como nuestros pueblos! ¿Qué pueden hacer para detener el proceso?".

Subordinado habló. "No tenemos idea de lo que son capaces, ¡y todos lo sabemos! Todo lo que hemos hecho es observarlos desde que llegamos, y eso no de cerca. Elegimos este planeta en función de sus recursos y del hecho de que son notablemente similares a nosotros. ¡Somos tontos al pensar que el motín no es una posibilidad real!". Su voz estaba llena de ansiedad porque sabía que tenía razón.

Lo mismo hizo el líder.

Con eso Superior se puso de pie, y con un movimiento rápido como un rayo, sacó su arma de la pistolera en su muslo y abrió un agujero en Subordinado que casi le sacó el torso por completo. El subordinado cayó al suelo como una bolsa llena de tierra.

Superior reemplazó su arma y tranquilamente se sentó sin pestañear. Secundario cambió su postura nerviosamente.

"Si puedo hablar, creo que independientemente de lo que hayan conjurado, usted ha tomado la decisión de actuar con tiempo suficiente. Las cosas irán bien, Líder, observe", dijo.

Superior se pasó la palma de la mano por la frente, más allá de la línea del cabello que se alejaba, y por su largo cabello rubio.

"Por tu bien, Secundario, espero que tengas razón. De lo contrario, serás el próximo. ¡Fuera de mi vista!"

El súbdito dejó su presencia de inmediato, dejando que el líder de su gente lo contemplara. Si bien no podía concebir ningún plan que tuviera éxito en contra del proceso, su corazón sabía que Subordinado era el honesto. No había muerto por su honestidad; murió por el tono que había usado al responder. Eso no sería tolerado, y tampoco se amotinaría por parte de estas criaturas inmundas. Si tuvieran que usar gran fuerza, acabarían con todo el planeta de una vez. Era así de simple y tampoco sería la primera vez que tenían que manejarlo de esa manera. Entonces, ¿Qué pasa si pierden los recursos de la Tierra? ¿Acaso estos idiotas no sabían que tenían suerte de ser elegidos? Había literalmente miles de planetas similares en este pequeño universo. Sería tan fácil como elegir otro y comenzar el proceso nuevamente.

A él no le importaba. Honestamente, fue todo deporte, uno que lo entretenía por completo.

R.W.K. Clark

CAPÍTULO 19

A las cuatro y cuarto de la mañana siguiente, Kamryn y Josh yacían en el suelo de su despacho, verdes mantas de lana del ejército cubriendo sus cuerpos desnudos. Los vasos de pape vacíos, que contenían el Shiraz que habían tomado, yacían en el suelo junto a ellos. No estaban durmiendo; estaban completamente despiertos, la realidad de los Opresores y del día pesado que les tocaría en sus mentes preocupadas.

"Bueno, supuestamente hoyes el día. Me pregunto cuándo vendrán", comenzó Josh.

Kamryn dejó escapar un suspiro. Honestamente podría decir que ya no estaba petrificada con el miedo. Por el contrario, se encontró enferma de tristeza e ira. Sabía que cuando vinieran, ella y Josh estarían separados. También era sombríamente consciente de que probablemente nunca volvería a verlo, y estos fueron los pensamientos que despertaron sus emociones. Acababan de encontrarse el uno al otro, y el hecho de que pronto serían destrozados parecía un acto completamente criminal. De hecho, lo era.

"No me rendiré sin luchar, no importa cuándo

lleguen. El tiempo no importa, Josh. Ya vienen". Se puso de pie, con la manta alrededor, y caminó hacia su escritorio para llamar a la recepción y pedir un café. Josh comenzó a vestirse, y ella hizo lo mismo.

Diez minutos después, completamente vestidos, estaban vertiendo café en tazas y sorbiéndolo con pasión. Necesitaban aclarar la bruma que el vino había dejado en sus cerebros lo más rápido posible, y el café era la respuesta. Se necesitarían al menos dos tazas por cada uno, probablemente más.

A las cuatro y cincuenta, los dos salieron de su oficina para la reunión con Wells y los demás. El plan era que Kamryn primero pirateara el sistema de video a bordo de las naves. Entonces comenzaría a transmitir las escenas de video falsas que había diseñado en el sistema, haciendo parecer que sus cámaras seguían recogiendo el metraje de manera consistente. Esto se debe hacer individualmente a todas y cada una de las naves que rodean el planeta, ya que tienen su propio metraje separado. Una vez que los videos estuvieran en su lugar, enviaría un bloqueo entre la nave principal, ubicada más profundamente en el espacio, y las otras naves. Esto debe hacerse en el momento preciso en que envíe una señal ficticia para operar las computadoras. Si hay alguna falla del sistema en cualquiera de las naves, se detectaría inmediatamente, estropeando todo el esquema. Una vez que se completara este paso, las tropas irrumpirían en la escena, tanto en el suelo como en el aire. Ese paso estaba en manos de los hombres a cargo. Ella se encontró preocupada por las ciudades extranjeras. ¿Cooperarían plenamente con sus fuerzas armadas? asumía que lo harían; sin su cooperación, no tenía ningún sentido seguir adelante. Sin duda, el presidente y sus hombres lo sabían.

Bajaron del ascensor para ver a Sharon, la secretaria, que dormitaba un poco en su escritorio. Tenía círculos oscuros alrededor de los ojos, y era obvio que había perdido bastante peso durante esta dura prueba, tal como lo había hecho Kamryn. Los Opresores y la situación que trajeron con ellos habían cobrado un gran precio en todo el planeta.

Se acercaron al escritorio en silencio, sin querer asustar a la mujer. Suavemente, Josh dijo: "Sharon, estamos aquí para la reunión".

Su cabeza se sacudió hacia arriba, e inmediatamente se puso roja de vergüenza. "Lo siento mucho, debo haber asentido por un segundo, por supuesto, los otros ya están aquí. Hay café esperando dentro, adelante". Sonrió un poco y miró rápidamente a la pantalla de su computadora para disipar su humillación.

"Gracias", respondió Josh. Se volvió hacia Kamryn y sonrió mientras la tomaba de la mano, guiándola hacia la oficina. Tocó dos veces y esperó a escuchar el visto bueno antes de entrar.

Wells estaba en su escritorio, con los otros hombres sentados en semicírculo a su alrededor en sus posiciones habituales. Solo los asientos de Josh y Kamryn estaban vacíos, esperando que los calentaran.

"Buenos días, ustedes dos. Gracias por ser siempre

tan puntuales. Se aprecia ahora más que nunca", comenzó Wells. "Como pueden ver, todos estamos listos y el ataque. ¿Café?". Hizo un gesto hacia el soporte rodante cerca de la puerta, equipado con todo lo necesario para una taza de java empinada y caliente. Se dirigieron a él antes de siquiera considerar tomar asiento.

Después de unos momentos, se pusieron cómodos, y el presidente comenzó la conversación. "Kamryn, sabemos que tienes un plan de acción de alta tecnología. ¿Puedes darnos un recorrido rápido de nuevo? Todos necesitamos estar en la misma página todo el tiempo para que esto tenga éxito".

Kamryn cubrió el plan brevemente. Subir videos falsos de un nave a la vez, comenzando por la que se cierne sobre Washington. Luego bloquear la señal de la nave 'madre' mientras simultáneamente poner la falsificación; este era el paso sensible, y ella se aseguró de que entendieran eso claramente. Solo después de estos pasos las fuerzas podrían avanzar.

"¿Supongo que contamos con la cooperación de gobiernos extranjeros? Quiero decir, ellos tendrán sus tropas y aviones preparados, ¿correcto?". Si bien este no era su problema, se sintió obligada a preguntar.

Mason respondió: "Absolutamente, y todos los tienen bajo tierra, manteniéndolos sanos y salvos hasta que ustedes den el visto bueno. Kamryn, tenemos tropas para luchar por nosotros, pero esto está esencialmente en tus manos. Es importante que estés completamente consciente de eso. ¿Lo estás?"

Ella estaba quieta, teniendo en cuenta lo que dijo. Realmente no había pensado en ese hecho, pero eso no cambiaba la verdad. Esto dependía literalmente de ella. Su estómago revoloteó violentamente y se le puso la piel de gallina. "Sí, señor, lo estoy".

Josh se acercó y le tomó la mano, apretándola suavemente. Había llegado a conocerla bien, y reconoció el nerviosismo en sus ojos. Ella lo miró, y él sonrió y asintió a cambio. Luego se volvió hacia los hombres. "Les aseguro que Kamryn no solo es plenamente consciente del nivel de responsabilidad que tiene actualmente, sino que también está completamente preparada para hacer bien el trabajo".

"Bien", respondió Mason. "Todos contamos contigo". Ahora, ¿cuánto tiempo tardarán estos pasos en completarse en su totalidad?".

Kamryn estaba usando su calculadora mental, marcando minutos en su mente. Finalmente respondió con un simple: "Cuatro a cinco horas, como máximo, y estoy sobreestimando por el bien de la seguridad".

"Maravilloso. Intentarán primero arrear nuestras fuerzas armadas, estoy casi seguro. Al menos, lo harán si están operando con algún tipo de estrategia inteligente. Por lo tanto, estoy seguro de que tendremos tiempo de completar tu parte de nuestro plan". Mason hizo una pausa y luego continuó: "Debo agregar que nuestras fuerzas armadas han recibido instrucciones de salir de sus escondites en un momento específico, incluso si no han recibido la orden. De esa forma, si todos somos capturados, pero hemos logrado completar la fase tecnológica, pueden salir y hacer sus cosas con tiempo suficiente. Si no lo hemos hecho, ellos todavía podrán elegir su propio curso de acción conducente a la supervivencia personal. Les he ordenado que salgan a las 12:00 horas. ¿Seguro que ya habrás terminado para entonces?".

Kamryn asintió vigorosamente y miró el reloj de la oficina de Wells. "Anticipo que terminaré antes de las diez en punto, señor, pero lo sabré a las ocho. Le daré una alerta en caso de que quiera modificar un poco el marco de tiempo para el personal militar".

Todos los hombres asintieron, complacidos. "Perfecto", dijo Mason. "Kamryn, todos queremos que sepas lo agradecidos que estamos por el servicio que estás haciendo para tu país y para el mundo. Es invaluable, y lo reconocemos. Si esto termina de la manera en que todos esperamos, serás recompensado generosamente".

"Señor, salgamos todos de este lío con vida, ¿de acuerdo?". Parecía confiada, pero realmente quería llorar. No fue la ejecución de su plan lo que la hizo dudar; se preguntaba si alguno de ellos viviría o no.

Mason asintió una vez más. "Bien, entonces, te dejaremos ir al trabajo. Supongo que necesitarás a tu compinche, el señor Nichols. El resto de nosotros estará la cafetería picando algo. ¿Han comido ustedes dos? Porque si no, les pediremos algo".

"Gracias Señor. Eso sería bueno", dijo Josh, sonriendo. Se volvió hacia Kamryn. "¿Listo?".

Ella asintió y agarró su carpeta de manila de la

mesa. Contenía cada papeleo que había recogido durante el curso del trabajo, pero estaba segura de que podía completar la tarea sin él. Tenía la mente como una trampa de acero.

Todos se levantaron y Kamryn se acercó a la estación en la que estaba situada su computadora: un escritorio y una silla, y un archivador horizontal de escritorio con nuevas libretas de papel. También se había colocado un portalápices con lápices nuevos, y al lado había un sacapuntas automático. Lo miró por todos lados, respiró hondo y se sentó. Mientras encendía el sistema, los hombres salieron de la habitación; Josh volvió a sentarse en su silla cerca del escritorio de Wells, aquí vamos, pensó para sí misma mientras escribía su contraseña en la computadora.

∞

Superior se mantuvo majestuoso ante sus ejércitos, todos los cuales habían sido convocados al área de la Piscina Reflectante de Lincoln. Se quedaron absortos por los cientos que había, sin parpadear ni moverse de ninguna manera. Eran un grupo altamente disciplinado de hecho. Comenzó a caminar de un lado a otro en silencio ante ellos.

Secundario estaba detrás de él y hacia un lado. Lo único que se movía sobre él eran sus ojos de serpiente mientras veía a su líder intimidar a su ejército con su presencia. Superior había asumido su papel tras la muerte de su padre, en su hogar en el planeta Kwan, hace más de diez años terrestres. Su nombre era Senior, y había sido un buen gobernante. Nunca durante su reinado se le había pedido al pueblo que llevara a cabo un exterminio planetario, aunque eran comunes en la historia del pueblo kwanita. Por naturaleza, los kwanitas usaban más de lo que debían cuando se trataba de recursos necesarios, como lo hacían todas las especies conscientes, o al menos eso parecía. Independientemente de este hecho, Senior había promulgado una variedad de métodos que mantenían maravillosamente los recursos del planeta, y los pueblos habían vivido una existencia feliz durante más de cincuenta años terrestres.

Cuando Senior se enfermó, su hijo Superior llegó al poder y no se parecía en nada al gobernante que era su padre. Su corazón era negro, y tenía hambre de poder. La secundaria era mucho más antigua que Superior, aunque la edad no se mostraba en la gente de Kwanite como en los terrícolas. El hecho era que Secundario había sido la mano derecha de Senior durante los últimos cinco años terrestres de su reinado. Había temido ver a Superior llegar al poder. Sabía cómo el hombre disfrutaba haciendo daño a los demás, y cuánto disfrutaba viendo incluso un poco de miedo en sus ojos.

Era la marca de un verdadero tirano.

Pero llegar al poder Superior lo hizo, y ahora aquí estaban, en un planeta extranjero, tomándolo por la fuerza e infundiendo temor y miedo en los corazones y las mentes de su gente. Su padre se revolvería en su cápsula de enterramiento universal si lo supiera. La parte horrible era que Superior disfrutaría si su padre lo supiera.

Superior detuvo su ritmo y se dirigió a las masas situadas ante él. Comenzó a hablar con una voz severa llena de terrible propósito. "Comenzaremos la fase final de pastoreo hoy. Sabemos que las personas restantes son las que están en el poder; los mejores del montón". Hizo una pausa para lograr el efecto, mirando a sus hombres para ver sus reacciones antes de continuar. "Debido al hecho, debemos centrarnos primero en los hombres de combate de este planeta. Los capitanes de las otras naves están llenando a sus hombres con los mismos. ¡Todos son bendecidos y afortunados de recibir sus órdenes directamente de mí! Levantó los brazos en el aire, el orgullo brillando en su rostro, en un gesto que exigía que fuera glorificado.

"¡ESCUCHEN, ESCUCHEN A SUPERIOR!". Gritaron todos a unísono en su lengua materna. Esto no apaciguó al gobernante, sin embargo. Levantó los brazos hacia arriba con más violencia, ahora con una mueca burlona en su rostro.

Más fuerte ahora, "¡ESCUCHEN, ESCUCHEN A SUPERIOR!".

Esto parecía aplacar el mal en el corazón del líder, bajó los brazos y continuó. "Cuando de la orden, se centrarán en el personal militar. Han recibido una sesión informativa sobre dónde se pueden encontrar, de acuerdo con la información que tengo. Si sé de alguna tropa oculta, se les dará inmediatamente esa información. ¡Procedan, ejército Kwanite!".

Los lacayos alzaron ambos brazos en el aire, señalando con los dedos hacia el cielo en señal de saludo. Luego comenzaron a dispersarse de una manera muy ordenada y uniforme.

La fase final del pastoreo había comenzado.

CAPÍTULO 20

Kamryn se sentó en su computadora trabajando enérgicamente, concentrándose en cargar el primer video. Quería subir el primero a la nave en Washington. Si bien esto parecía una jugada insensata debido al gran riesgo involucrado, sabía que era la única forma en que podría descubrir si funcionaba bien o no. Si nada parecía cambiar con respecto al comportamiento de los Opresores, sabría que había sido un truco con éxito. Si su comportamiento cambiaba, bueno...

No había compartido esta intención con los hombres. Creía que no comprenderían su pensamiento. Querrían que enviara el primer video a un nave diferente, pero eso podría ocasionar un retraso en el descubrimiento y a medida que continuara con el proceso de carga, todos los Opresores conocerían su intención y se desconectarían. En su mente, esta era la única forma.

Eran casi las cinco y media, y el primer video estaba listo para ser enviado al nave de arriba. Estaba terriblemente nerviosa, y tuvo que forzarse a sí misma a tocar la tecla Enter. Su mano se cernió sobre ella por varios segundos para finalmente golpearla con fuerza.

207

La carga comenzó.

En treinta segundos, estaba completo. Hizo clic con el mouse en otra pestaña que le permitía ver el video de la nave, que ya había cargado antes que nada. Efectivamente, su transmisión se estaba ejecutando con éxito.

"El primer video está funcionando, Josh. Pasando al siguiente". Ni siquiera apartó la mirada de su pantalla. Simplemente fue a trabajar en el siguiente.

Josh se acercó y la miró por encima del hombro mientras ella trabajaba febrilmente. Era increíble. "¿Cómo sabremos si lo identifican o no?".

Ella se detuvo entonces, pero solo el tiempo suficiente para responderle. "Porque envié la primera video al nave sobre Washington. Si tenemos noticias del caos por parte de los Opresores, bueno, entonces estarán sobre nosotros". Regresó al sistema.

A las seis menos veinte, el teléfono del escritorio de Wells sonó con fuerza, haciendo saltar a Josh. Kamryn parecío no escucharlo siquiera, con inquietud, Josh levantó el auricular y habló. "Oficina de Peter Wells".

"Josh, este es Peter. La fase final del pastoreo ya comenzó, y como sospechábamos, han comenzado con personal militar. Primero están arreando a los trabajadores administrativos". Josh pudo escuchar un temblor en su voz.

Él respondió: "Todo va a estar bien. Kamryn cargó con éxito la primera transmisión a la nave sobre Washington. Está trabajando ahora mismo en el siguiente. Manténgannos informados sobre cualquier cambio en el comportamiento de los Opresores que pueda significar que reconocen que el video es diferente, por favor".

"Entendido, actualmente estamos en el último piso. Haz que siga trabajando duro. Si nos necesitan, estamos en la extensión 742". Peter Wells colgó.

Cinco minutos después, Kamryn declaró: "Listo con el número dos. ¡Está funcionando!", continuó trabajando.

Josh comenzó a caminar en este punto. Sus axilas estaban empezando a sudar, al igual que su frente. Estaban jugando un juego muy peligroso, pero cuando lo que estaba en juego era la vida humana, ¿qué otra opción tenían?

Ni siquiera pasaron quince minutos antes de que Kamryn anunciara la finalización de la tercera carga, y en los siguientes noventa minutos, todas las transmisiones de video fueron reemplazadas en todas las naves del mundo. Ella se levantó y se estiró. Sus ojos estaban iluminados con un fuego emocionante.

"No puedo creer lo bien que va esto. Funcionó perfectamente, de la manera que lo planeé. Necesito un descanso de cinco minutos". Ella comenzó a caminar en un esfuerzo por hacer que su sangre fluyera. "Luego, enviaré el bloqueo de señal a la nave nodriza, y en el momento preciso en que lo haga, enviaré mi señal falsa". Dejó de caminar. Estaba mirando la ventana como si nunca hubiera visto una antes.

"Josh, nunca me di cuenta de que estábamos en el piso principal aquí en la oficina de Wells". Caminó hacia la ventana y se asomó a la sombra en el borde.

Él asintió. "Sí, hemos estado en este edificio por tanto tiempo que probablemente hayas perdido la orientación. Pero estamos en el piso principal. ¿Por qué?".

"¿Qué tan seguros estamos realmente si estamos en el piso principal?". Ella se volvió hacia él con una mirada afligida en sus ojos. "Necesito volver al trabajo. Es posible que no tengamos tiempo que perder".

Se sentó en su escritorio, y Josh miró por encima de su hombro mientras levantaba una pantalla dividida y comenzaba a trabajar en ambas, una detrás de la otra, una tras otra. La observó por un momento, luego comenzó a caminar. Ella estaba en lo cierto. Si los Opresores iban a eliminar al personal administrativo, ¿no considerarían que los empleados del gobierno que trabajan en el Pentágono están en esa categoría?

Después de cuarenta y cinco minutos, Kamryn dejó de teclear y habló. "Josh, es hora", dijo.

Él había estado mirando por la ventana como ella lo había hecho. Los Opresores arrastraban gente, pateando y gritando, desde algún lugar. Algunos de ellos estaban en uniforme de gobierno. Muchos de ellos vestían vestimenta profesional tradicional.

Esto no era bueno.

Se volvió hacia ella. "Bien, porque creo que estos bastardos vienen en nuestra dirección, Kam".

Sus ojos se agrandaron, y se acercó a ella. "¿Estás listo? Si es así, hazlo, cariño".

Volvió a la computadora y con mano temblorosa,

agarró el mouse. "Tengo que hacer clic en una pantalla con el mouse para emitir un comando, y luego, al mismo tiempo, tengo que presionar manualmente para ingresar el otro. Voy a contar hacia atrás desde tres; deben hacerse al mismo tiempo. Cualquier error presentará un error en su sistema y nos delatará". Su voz temblaba y sus manos también. "Cuenta conmigo, Josh".

Comenzaron, "Tres...".

Hubo un choque desde algún lugar del edificio.

"Dos...".

"Uno".

Kamryn hizo clic con el mouse y el botón enter juntos. Estaba hecho.

"Lo hicimos, Josh. Yo tengo el control de sus naves".

Josh corrió y cerró la puerta de la oficina. Comenzó a amontonar muebles en la puerta de la oficina mientras Kam hacía pulsaba el teclado como loca. Ahora estaba trabajando para apagar sus armas.

"Date prisa, Kam. ¡Están en el edificio, los siento venir hacia acá!".

Mientras trabajaba en hacerles una barricada, el teléfono de la oficina sonó. Corrió hacia él y lo recogió. "¿Sí?".

"Josh, han ingresado al Pentágono. ¿Qué pasa con el plan?". La voz de Wells estaba teñida de pánico.

"Está hecho. Está trabajando en cerrar sus armas y comunicaciones. Dile a las fuerzas que avancen más rápido. ¡No pueden esperar hasta el mediodía! Estoy haciendo barricadas en la puerta, pero puedo escuchar conmoción. ¿Qué quiere que hagamos?". Estaba respirando con dificultad y vigilando de cerca la puerta.

Wells respondió: "Sigue moviéndote". Cuando termines, encuentra un lugar para esconderte. Le diré a Carson Wood que se ponga en contacto con todas las ramas de las fuerzas armadas. Avanzaremos dentro de una hora".

Josh colgó el teléfono y reanudó la construcción de la barricada. "Van a avanzar dentro de una hora".

"Bien", respondió Kamryn. Ella se dio vuelta de su computadora. "He paralizado su capacidad de comunicarse de forma remota, y he cerrado el arma principal de cada nave. Aunque no puedo controlar sus armas personales, Josh. Parece que esas son independientes. Tendremos que conformarnos".

Ella se levantó y comenzó a ayudarlo. Quitaron todo del escritorio de Wells y comenzaron a moverlo hacia la puerta también. Era muy pesado, y tenían que usar todo su peso para cruzar la habitación. Apilaron el mini refrigerador, archivador y las mesitas. Finalmente, dejaron las últimas sillas y una libreta frente a todo eso. Era todo lo que podían hacer.

Los sonidos que provenían de fuera de la oficina eran distantes, pero definitivamente eran los sonidos de los Opresores que arreaban peleando con la gente. "Kamryn, tenemos que entrar al armario".

Sin demora, giró y se dirigió hacia allí, deteniéndose solo para desconectar la energía de la pantalla de la computadora y tomar su sobre manila lleno de notas.

Ella no quería que tuvieran acceso a la información sobre lo que había hecho. Con eso en la mano, se dirigió al armario, Josh justo detrás de ella. Cerró la puerta, y en la oscuridad, la empujó hacia la parte posterior del armario.

Encendió la pantalla de su teléfono inteligente para que tuvieran luz para mirar a su alrededor. En la parte posterior del armario, había tres cajas apiladas. Él se movió a su alrededor y las empujó una corta distancia más cerca del frente. Luego la agarró del brazo. "Nos agacharemos aquí, detrás de las cajas".

Bajaron, haciéndose lo más pequeños posible. Se aseguró de que su celular estuviera boca abajo en el piso por si se iluminaba por alguna razón. Ellos no hablaron. Simplemente escucharon los golpes y los gritos provenientes de la oficina de Wells.

Pero se estaban acercando cada vez más. Era imposible saber qué tan cerca estaban realmente. Lo único que se podía discernir era el hecho de que los Opresores se estaban acercando a ellos en su reducido escondite.

El escondite sin salida.

∞

El general Richard Fabriz se dirigió a los cientos de soldados en el búnker subterráneo en el que también él estaba alojado.

"¡Hombres! ¡Avanzaremos! Los pasos tecnológicos de la estrategia se han completado, y en quince minutos, tomaremos a los Opresores. No conocemos el miedo; luchamos por nuestras vidas y por las vidas de aquellos a quienes amamos. No tomaremos prisioneros, y ninguno de nosotros se rendirá a sus esfuerzos de pastoreo. ¿Entendido?".

"¡Sí señor!".

Continuó, "Estén atentos hasta que yo dé la orden".

Lo mismo estaba ocurriendo en los búnkeres subterráneos ubicados estratégicamente en todo el mundo. Eran algunos de los secretos mejor guardados en la existencia, y ahora todos y cada uno de los miembros del ejército estaban eternamente agradecidos por ellos.

∞

Hombres y mujeres fueron conducidos a los vehículos de transporte que los llevarían a las instalaciones donde los probarían. Al mismo tiempo, hombres y mujeres salían por la puerta trasera de cada instalación. Algunos eran puestos en pequeñas naves que los llevarían a su nuevo hogar. Otros fueron conducidos a un edificio ubicado detrás de la instalación principal. Allí serían eliminados. Algunos parecían tranquilos. Las mujeres lloraban. Otros lucharon.

No hubo un solo niño entre las masas.

CAPÍTULO 21

Superior se sentó en su silla con calma. Estaba hablando con Secundario, y aunque su comportamiento era tranquilo, su voz era dura, incluso aterrorizada.

"¡Algo anda mal! No he tenido noticias de un solo hombre en nuestro ejército. ¡Cuando trato de comunicarme con ellos, no recibo respuesta!".

Secundario temía incluso hablar. Su mente continuaba reviviendo la escena del cuerpo del Subordinado mientras se desplomaba en el piso, el pecho y el estómago desaparecieron.

"Líder, ¿ha hecho que el equipo de sistema lo investigue?".

Superior gruñó ruidosamente, pareció provenir de las profundidades de su ser, haciendo que Secundario se estremeciera de miedo. "¡Sí! Están tratando de identificar cualquier problema ahora. ¡Me temo que estos seres realmente han tenido algo bajo la manga todo el tiempo!". Se levantó de su asiento y comenzó a pasearse por su santuario. Justo en ese momento, otro de sus secuaces entró en su habitación.

"Líder, estábamos en medio de verificar las comunicaciones cuando descubrimos que nuestras imágenes habían sido... manipuladas". El hombre estaba casi encogido de miedo.

Tranquilamente, con una voz inmóvil, Superior preguntó: "¿Manipuladas?".

"S-s-sí, Líder. Muestran la misma imagen de un escenario habitual, pero no podemos ver a ninguno de nuestros ejércitos ni seguir ningún tipo de pastoreo. Parece que no es la verdadero imagen". El súbdito dio un paso atrás, anticipando la reacción que vendría.

"¡¡¡AAARRRGGHHH!!!". Superior levantó los puños en el aire y los sacudió violentamente. Dio dos zancadas largas, y alcanzando al tembloroso súbdito, lo tomó por el cuello y lo apretó.

El pequeño sirviente comenzó a luchar contra el ataque del líder, pero no era rival para el que tenía delante. Superior había sido entrenado en combate durante toda su existencia, y esta especie era tan débil naturalmente, si no más débil en complexión corporal, que los mismos humanos. Superior tenía la sartén por el mango.

"¡Explica, tonto!". El sirviente trató de hablar, pero no salía nada de su boca, excepto saliva y gorgoritos.

Superior se puso aún más agitado, su ira alcanzó su punto máximo. Con la otra mano, agarró al criado por la parte superior de su cabeza calva y estrecha y le rompió el cuello con un solo movimiento. Luego miró al muerto a los ojos, divertido con la forma en que la muerte se sentía en sus manos. Dejó caer el cuerpo al suelo y giró hacia Secundario.

"Si no te hubiera conocido desde el comienzo de mi

existencia, serías el siguiente, y este ha despertado mi apetito de sangre. Saldremos a la superficie juntos... ¡Ahora!". Secundario se puso de pie y se inclinó respetuosamente, luego siguió a Superior por la puerta de su habitación.

Llegaron a la sala de control en diez minutos terrestres planos. "Iremos a la superficie del planeta", declaró Superior al hombre en los controles. "¡Ahora!".

El capitán de la nave lo miró, aterrado de abrir la boca. Finalmente, tuvo el valor suficiente para decir: "Ya no tengo el poder de abrir o cerrar las puertas, Líder".

Secundario parado en dirección hacia la entrada a la sala de control. Sin duda huiría por ahí. Cuando vio que la rabia crecía en los ojos de su líder, supo lo que se avecinaba y supo que le llegaría el turno.

Se agachó y salió corriendo por su vida.

∞

Josh y Kamryn casi contuvieron la respiración tratando de escuchar lo que estaba pasando. Los sonidos del caos se habían vuelto muy cercanos ahora.

Las lágrimas cayeron silenciosamente por las mejillas de Kamryn. Josh sostuvo su mano firmemente en la suya mientras escuchaban. "Todo va a estar bien, Kam", susurró. "Shhh... no nos encontrarán. Si lo hacen, lucharemos. Preferiría morir antes que estar sin ti".

Ella asintió en la oscuridad, sin que él lo supiera. De repente, oyeron un chillido espeluznante.

"No, no, ¡tenemos más tiempo!". Era la voz de Sharon, justo afuera de la oficina de Wells. "¡Dijiste que teníamos más tiempo! ¡No!". Sus gritos continuaron, pronto se silenciaron. Continuaron, pero comenzaron a desvanecerse en la distancia.

Hubo un golpe. Eran los Opresores. Estaban tratando de entrar a la oficina de Wells.

Los brazos de Josh se movieron instintivamente alrededor de Kamryn, y él la atrajo hacia sí. Podía oír el latido de su corazón, y estaba segura de que también podían oírlo. ¿Podrían ellos escuchar el de ella también?

¡Crash! Nuevamente irrumpieron en la puerta. Estaban luchando contra la barricada, pero Josh sabía en su corazón que solo era cuestión de tiempo. Él comenzó a plantar beso tras beso en la frente de Kamryn y en su cabello.

"Te amo, Kamryn. Te amo. Siempre lo haré".

"Yo también te amo, Josh. Por siempre", respondió ella. Apretó sus ojos fuertemente cerrados mientras el alboroto seguía viniendo de la oficina exterior.

Hubo un ruido ensordecedor. Entraron por la puerta. Los muebles estaban siendo arrojados; podían oír las piezas estrellándose contra la pared de la oficina. Kamryn puso sus manos firmemente sobre sus orejas.

De repente, la puerta del armario se abrió de golpe y una luz cegadora brilló directamente sobre los dos temblorosos jóvenes en la esquina.

"Grrr...", fue todo lo que dijo el Opresor a la cabeza antes de precipitarse hacia adelante y agarrar a Josh, cuyos brazos estaban alrededor de Kamryn. Lo sacudió violentamente, tratando de separarlos, pero Kamryn se aferró a él.

Estaba llorando, pero logró gritar una y otra vez, "¡No, no, por favor, no! Otro de los hombres abarrotó su camino y, agarrándola, la arrancó de los brazos de Josh.

Kamryn le dio una mirada a los ojos y se desmayó.

Se despertó con un fuerte ruido metálico. "¿Qué podría ser eso?". No había nada en la oficina que hiciera ese ruido.

Abrió los ojos. Estaba en una habitación grande. Las camas de plataforma que consistían en no más que cubiertas, sin almohadas, forraban las paredes, se sentó. Había una puerta al final de la sala rectangular, y junto a ella había dos inodoros con lavabos instalados en los tanques, del tipo que podría haber en la celda de una cárcel.

Estaba en una instalación.

"¡Josh... Josh! ¿Estás aquí?". Las lágrimas comenzaron a fluir de sus ojos.

Una voz suave respondió desde un rincón oscuro, "Aquí no hay nadie llamado Josh".

Giró la cabeza en la dirección de donde venía la voz. "¿Quién es? ¿Dónde estamos?".

Una figura emergió de las sombras en un rincón y comenzó a acercarse lentamente a ella. Era una chica, de no más de diecisiete años. Estaba sucia, su ropa desgarrada y su cabello completamente despeinado. Extendió su mano hacia Kamryn en un gesto de amabilidad.

"Soy Maddie. Maddie Anderson. Estamos en una instalación".

"¡No!". Kamryn estaba en completa negación en cuanto a la realidad de su situación.

Maddie se sentó en el camastro al lado de Kamryn. "¿Cuál es tu nombre?".

"Mi nombre es Kamryn, y no pertenezco aquí. ¡Tenemos que salir de aquí!". Se puso de pie y corrió hacia la puerta. Comenzó a golpear brutalmente en la puerta. Era grande y estaba hecha de metal. No iba a ceder.

"No sirve de nada, Kamryn. Ni siquiera llegarán a la puerta. Nos ignoran a menos que nos estén probando".

Kamryn cayó al piso, exasperada y exhausta. "¿Dónde está Josh? ¿Dónde podría estar?".

Maddie respondió su pregunta lo mejor que pudo con el conocimiento que tenía. "Mantienen a los hombres en otra área de la instalación. Ni siquiera los vemos mientras estamos en las pruebas. Los vemos solo en los pasillos cuando vamos a las pruebas".

De repente, Kamryn sintió la más mínima astilla de esperanza.

"¿Quieres decir que podría verlo?". Le preguntó a Maddie.

La niña asintió en la oscuridad. "Nos llevaron a mi padre y a mí al mismo tiempo. Lo he visto de paso casi todos los días, pero no se nos permite hablar".

Las ruedas de Kamryn comenzaron a girar, necesitaba arriesgarse, necesitaba mantenerse fuerte para encontrar a Josh.

"¿Cuándo vendrán a buscarnos para las pruebas?".

∞

Josh paseaba por las asquerosas celdas. Lo habían arrojado, luchando en cada paso del camino. Había aterrizado en el suelo, golpeándose la cabeza en el proceso. Solo se había levantado y los había perseguido, corriendo hacia la gran puerta de metal mientras la golpeaban en la cara y la cerraban.

Había estado en la habitación durante lo que parecieron días, pero sabía que habían sido solo unas pocas horas. Había otros cinco hombres con él, y uno de ellos sugirió que tratara de dormir un poco, pero se negó. ¿Cómo puede alguien dormir en estas circunstancias?

Todo en lo que podía hacer era pensar en Kamryn y en la forma en que se había quedado inerte como una muñeca de trapo en los brazos del Opresor. ¿Qué tal si la habían matado, o peor aún, la hubieran violado y la hubieran dejado con vida? ¿Dónde estaba?". El hombre que le había dicho que durmiera también dijo que, si la pastorearon con él, también estaría allí. Él la vería antes de que terminara, cuando fueran a hacer las pruebas.

Tenía que idear un plan. Dormir era lo último que haría mientras estuviera aquí.

∞

Superior estaba solo en su cuarto. Era intelectualmente consciente de lo que había sucedido, en términos generales al menos. Todos los que estaban en la nave quedaron atrapados ahí. No pudieron encontrar la forma de revertir el problema, ni siquiera la naturaleza del problema. Las tropas en la Tierra continuaban con el pastoreo, por lo que él sabía, y probablemente continuarían haciéndolo hasta que todos fueran conducidos o colapsados por el agotamiento.

Realmente no importaba en este punto. Estaba seguro de que, lo que sea que hubieran hecho para derribar el sistema de lanave no era la única medida que habían tomado. Había subestimado por mucho a estos seres. ¿Quién sabe qué más habían juntado como parte de su plan?

Tenía a sus secuaces trabajando sin parar para tratar de solucionar los problemas que habían encontrado, pero simplemente no estaba funcionando. No pudieron detectar nada raro. Todo parecía funcionar bien, pero nada funcionaba en absoluto.

Superior se rió amargamente. El resultado final sería malo para los Opresores. Muy malo.

Podría apostar su vida a que tenían personal militar escondido, y que estaban avanzando mientras caminaba. Eliminarían sus ejércitos rápida y fácilmente. Sus ejércitos estaban a pie, con una sola arma en su poder. Estas cucarachas tenían grandes máquinas en las que podían trepar y conducir sobre la superficie del suelo, y estaban hechas de un material muy resistente. Podrían conducir por encima de sus hombres, y ellos lo sabían.

Superior estaba loco. Siempre lo había sido, desde que su cuerpo aún era pequeño. Él lo sabía, y se enorgullecía del hecho. Podría vivir siendo un loco genocida.

Con lo que no podía vivir era con el orgullo herido.

Desenfundó su arma, la apuntó a su cabeza, y riendo, la arrancó por completo de su cuerpo, llevando parte de sus hombros con ella.

Su cuerpo cayó inerte al suelo, al igual que los cuerpos de innumerables subordinados que le habían servido y habían muerto por su mano.

∞

El general Fabriz había ejecutado perfectamente las órdenes que le había dado el presidente.

Las tropas, tanto de infantería como de aviación, habían sido liberadas para combatir a los Opresores exactamente a las 10:00 horas.

La guerra había comenzado, y por lo que él podía ver, los humanos estaban ganando.

∞

Kamryn, Maddie y otras seis mujeres que estaban siendo alojadas en la celda de Kamryn fueron llevadas a pruebas. ¡Tal vez vería a Josh! Mientras las conducían por los pasillos fríos y desnudos, mantuvo los ojos abiertos. Después de caminar cinco minutos, llegaron a una habitación. La puerta se abrió y fueron guiados adentro.

"Encuentra un lugar para sentarte", dijo un Opresor en el frente de la sala, groseramente.

Kamryn estaba sentada en un escritorio de colegio

que tenía papeles encima. Un lápiz afilado se encontraba sobre los papeles. Miró al Opresor, que estaba escribiendo en un portapapeles de algún tipo. Ella ni siquiera tuvo que pensar; el lápiz entró en la cintura de sus pantalones sin pensarlo dos veces.

"¿Por qué no estás haciendo tu prueba?". La pregunta fue dirigida a ella. Miró a su alrededor y vio que los demás habían comenzado a escribir en sus papeles. La miraron por el rabillo del ojo, asustados de ser amonestados.

"No tengo lápiz", respondió tímidamente.

Esto pareció enfurecer al Opresor. "¡Aprende a resolver problemas! ¡Consigue uno de un escritorio vacío, tonta!"

Ella se levantó de un salto y agarró el lápiz del escritorio al lado del suyo, luego se sentó y comenzó a tomar la prueba que tenía delante, con una sonrisa en la cara.

Josh estaba sentado en el escritorio mugriento y anticuado fingiendo cumplir sus órdenes, pero en realidad dibujaba figuras de palo. Figuras de palo de humanos asesinando otras figuras de palo que obviamente eran Opresores. La idea lo satisfizo profundamente.

Él sabía lo que haría. Tenía un plan, y sería simple de llevar a cabo. Necesitaba estar al frente de la línea cuando los condujeran de vuelta a su celda.

Vale la pena arriesgarse a morir por Kamryn.

El mundo fuera de las instalaciones casi se había desmoronado por completo, pero los Opresores eran como robots al llevar a cabo las órdenes de Superior, y ¿por qué no? Estaban aterrados de él, y no tenían idea de que se había quitado la vida.

No habían recibido ninguna palabra para interrumpir el pastoreo o las pruebas, por lo que continuaron, pero el hecho era que los ejércitos de este mundo los estaban atacando con toda su fuerza. Disparaban sus armas y sacaban a los soldados de la Tierra, mientras seguían arrastrando a las personas a los vehículos de transporte. ¿No debería haber venido Superior en su ayuda a esta hora?

Trudge era uno de los soldados Opresores que trabajaba duro para llevar a cabo sus órdenes de pastoreo. Era un buen militar y leal al ejército y al Líder. Tenía una terrícola femenina colgada sobre su hombro. La había noqueado con un golpe seco en la cabeza, y en el camino hacia el vehículo de transporte, había logrado matar a varios soldados de la Tierra. Estaba muy orgulloso de sí mismo y presumido, pero las peleas se incrementaban a su alrededor; estaban perdiendo el control, y parecía que todo su trabajo sería en vano.

Oyó un ruido terrible, metálico y desgarrador en la naturaleza. Venía de arriba. Levantó la vista justo a tiempo para ver una aeronave de la Tierra usar sus armas en la nave opresora, desgarrando un enorme agujero en su casco. Llamas y chispas salieron disparadas de la enorme nave, y un gran trozo de su casco cayó pesadamente al suelo. Era tan grande como una casa y aterrizó directamente sobre Trudge y varios otros Opresores y terrícolas, matando a todos los que ahí estaban. Ni siquiera tuvo tiempo de preguntarse qué estaba pasando.

Lo mismo estaba ocurriendo en todo el mundo.

∞

Kamryn y las otras mujeres fueron escoltadas de vuelta a su celda para tener el 'sustento', como lo llamaron los Opresores. Ella había tomado el frente de la fila, y mientras caminaban, tomaba nota de las llaves y el arma al lado del Opresor.

Cerró rápidamente la distancia entre ella y el ser inhumano que tenía delante, sin darse tiempo para pensar o tener miedo. A medida que aceleró el paso, sacó el lápiz afilado de la cintura de sus pantalones sucios, y cuando el espacio entre ellos se cerró, levantó el arma improvisada sobre su cabeza. Con todas sus fuerzas, lo hundió entre los omoplatos y ligeramente a la izquierda de su columna vertebral. Penetró en su cuerpo como un cuchillo caliente en mantequilla.

Ella retrocedió y rápidamente repitió su acto violento. El Opresor cayó de rodillas, con la cabeza hacia atrás y la boca abierta de agonía. Cuando cayó hacia su rostro, lo apuñaló una y otra vez, hasta que finalmente estuvo segura de que estaba muerto.

Tomó las llaves de su cinturón y volviéndose hacia

las otras mujeres, dijo simplemente: "¡Síganme, rápido!".

Corrieron lo más rápido que pudieron, buscando cualquier puerta que las condujera fuera de las horribles instalaciones.

∞

Al mismo tiempo que Kamryn sacaba el lápiz de sus jeans, Josh estaba cerrando su propia brecha. Estaba apretando el espacio entre el Opresor que llevaba a los hombres a sus celdas, pero no tenía un lápiz. Tenía la fuerza de un hombre con muchos cerebros, y en un instante, extendió la mano y arrancó el arma del muslo del alienígena que estaba al frente de la línea.

Josh no tenía idea de cómo funcionaba esa cosa, así que simplemente apuntó y presionó el único botón que podía ver. Funcionó a las mil maravillas. El arma emitió una línea de luz, como una bola de fuego en su boca, y logró literalmente rasgar al ser en dos. El opresor cayó directamente al suelo, muerto.

Josh miró el arma en su mano, observando el hilo de humo que provenía de lo que solo podía suponer que era un cilindro. "Maldición...", fue lo único que se le ocurrió decir. Se volvió hacia los demás. "Si quieres salir de esta con vida, aprovechen su oportunidad ahora, muchachos".

Dio media vuelta y echó a correr para encontrar a Kamryn.

∞

La instalación era un laberinto de giros

interminables que parecían conducir solo a las puertas de metal de las celdas. Kamryn no pudo encontrar una salida claramente marcada, y comenzó a entrar en pánico; también lo estaban las mujeres detrás de ella. De repente, escuchó su nombre.

"¡Kamryn! Kamryn! ¿Estas ahi?". Sus ojos se iluminaron. "¿Josh?", gritó tan fuerte como pudo. "¡Josh!".

Ambos continuaron gritando los nombres del otro, cada vez más cerca, hasta que Kam dobló una esquina y se estrelló directamente contra él. "¡Kamryn!". La tomó en sus brazos y la apretó con fuerza contra él. Luego la soltó, diciendo: "¡Tenemos que salir de aquí ahora!". La tomó de la mano y la condujo a ella y a las otras mujeres por un largo pasillo.

De repente, en un pasillo a su derecha, un Opresor apareció a unos veinte metros de distancia. "¡Alto ahí! ¿Dónde está su Director? ¡Debes regresar a sus aposentos, humanos! Comenzó a abrirse camino hacia ellos rápidamente.

"¡Corran!". El grupo de mujeres, dirigido por Josh, continuó su curso original. Giraron a la derecha, luego a la izquierda, luego a la izquierda otra vez.

"¿Sabes a dónde vamos, Josh?". Kamryn estaba empezando a ponerse un poco desesperada.

Él asintió y le dijo. "Sí sé adónde vamos. Estaba despierto cuando me trajeron".

Giraron otras tres veces, y luego a la derecha en frente de ellos, como por arte de magia, estaba una puerta abierta. Justo afuera, había una serie de pequeñas naves. También había una cantidad enorme de humanos que luchaban contra los Opresores que intentaban mantenerlos arrestados.

El grupo salió corriendo por la puerta y se detuvo en seco. Josh estaba mirando, con la boca abierta hacia el cielo.

La nave de los Opresores se estaba rompiendo, enormes trozos de ella caían del cielo y golpeaban la Tierra en lugares aleatorios a su alrededor.

Rodeado de Opresores que se movían rápidamente, "Tenemos que tomar un nave, o moriremos todos". Josh comenzó a correr hacia la pequeña nave más cercana. Estaba corriendo, y parecía estar encendiéndose. La entrada estaba abierta, pero estaba empezando a cerrarse. Kamryn se dio cuenta de que todas las pequeñas naves estaban llenas y se preparaban para despegar. "¡Entren, entren todos!".

Corrieron por el sendero hacia la nave. Sin embargo, las dos últimas mujeres, que habían estado un poco retrasadas, no lo lograron. Cuando Kamryn subió a bordo, se volvió para tomar sus manos y ayudarlas, pero se las aplastó un pedazo de la nave Opresora en llamas.

La puerta de la nave se cerró con un fuerte sonido hermético.

Se levantó del suelo y comenzó a vibrar salvajemente. Kamryn miró a su alrededor. Había aproximadamente veinte personas a bordo con ella y Josh, y cuando la nave se dirigía al espacio, se volvió hacia él y le preguntó: "¿A dónde vamos, Josh?".

Una voz desde la parte posterior de la nave respondió su pregunta.

"A nuestro nuevo hogar".

EPÍLOGO

El general Fabriz y el presidente Mason observaron los escombros y la destrucción a su alrededor. Todo estaba en llamas, humo y cenizas. De vez en cuando, una mano se movía desde las pilas de metal y escombros, y otra persona se salvaría.

La mayor parte de la Tierra estaba en el mismo estado. La cantidad de muertos por la destrucción era inconcebible. Los humanos tenían mucho trabajo por delante.

Años y años para poder recuperarse.

La tierra ardía y humeaba. Los cuerpos de los humanos y los Opresores por igual estaban ensuciando todo el paisaje.

∞

La mini nave volaba muy por encima de la tierra, lejos de su atmósfera. Continuó alejándose del planeta humeante y sus habitantes mutilados. Josh se preguntó cómo podría volar. No había Opresores a bordo.

Todos estaban dormidos, incluida Kamryn. Había mantas en cada asiento, y él había encontrado más en un espacio de almacenamiento en una pared. Cubrió a

Kamryn y las mujeres extra con las mantas y fue a explorar.

Era una nave pequeña. Encontró un baño, una gran cantidad de alimentos y agua no perecederos y una cabina. Eso era lo que había estado buscando. Entró en el área y observó las luces y los indicadores. No podía comprender nada de lo que estaba viendo. Nada, excepto una cosa.

Luces rojas digitales, en cuatro secciones de dos cada una. Las cifras rojas parpadeantes en cada una cambiaban con cada flash. Estaba contando hacia abajo. Contando hasta su llegada al planeta al que se dirigían. Aunque no podía descifrar los números, era plenamente consciente de que eso era exactamente lo que estaba haciendo.

¿Cuánto tiempo volarían?

Se levantó y miró la vasta extensión de espacio que se extendía ante ellos. Sabía que Kamryn se acercaba incluso antes de sentir que sus brazos se envolvieran alrededor de él y lo abrazara fuertemente.

"¿Cuánto tiempo pasará hasta que lleguemos allí?", preguntó.

Miró nuevamente el reloj. Cuatro secciones de dos.

"Estaría dispuesto a apostar que pasará un tiempo, Kam". Se volvió hacia ella. "Pero estamos juntos, y eso es todo lo que me importa". Estamos vivos, y estamos juntos".

Él la besó en los labios y la abrazó con fuerza.

Juntos, contemplaron la belleza del universo que tenían delante.

Tenían una nueva vida por delante.

PETICIÓN

Mi creatividad se nutre de lectores como usted. Si ha disfrutado de esta novela, le ruego que escriba una reseña, y comparta su experiencia. Háblele a un amigo o a un ser querido de este libro. A cambio, le ofrezco un gran agradecimiento desde el fondo de mi corazón.

Humildemente y con gratitud,

RWK Clark

ADICIONALMENTE

Obras de RWK Clark

En español

Pluma de Sangre El Despertar
ISBN-10: 1948312999 ISBN-13: 978-1948312998

Guardián Del Hermano
ISBN-10: 1948312913 ISBN-13: 978-1948312912

Muerte en el Agua
ISBN 10: 1948312506 ISBN 13: 978-1948312509

El Carnicero de la Taquilla
ISBN-10: 1948312514 ISBN-13: 978-1948312516

Invadidos Estados Cautivos
ISBN-10: 1948312069 ISBN-13: 978-1948312066

En inglés

Passing Through
ISBN-10: 1948312018 ISBN-13: 978-1948312011

Requiem for the Caged
ISBN-10: 1948312026 ISBN-13: 978-1948312028

Zombie Diaries Homecoming Junior Year
ISBN-10: 0997876778 ISBN-13: 978-0997876772

Zombie Diaries Winter Formal Junior Year
ISBN-10: 0997876786 ISBN-13: 978-0997876789

Zombie Diaries Prom Junior Year
ISBN-10: 0997876794 ISBN-13: 978-0997876796

Out to Sea: Festival of Hues
ISBN-10: 099787676X ISBN-13: 978-0997876765

Box Office Butcher: Smash Hit
ISBN-10: 0997876751 ISBN-13: 978-0997876758

Stolen Blood: Dawn of a New Era
ISBN-10: 0997876743 ISBN-13: 978-0997876741

Permanent Ink: Deadwalkers
ISBN-10: 0997876735 ISBN-13: 978-0997876734

Passage of Time: Search for the Fountain of Youth
ISBN-10: 0997876727 ISBN-13: 978-0997876727

Shattered Dreams The Man in Blue
ISBN-10: 0997876719 ISBN-13: 978-0997876710
Dead on the Water Abandon Ship (Zombie Cruise)
ISBN-10: 0997876700 ISBN-13: 978-0997876703

Brother's Keeper A Novel of Murder and
Deception
ISBN-10: 0692744746 ISBN-13: 978-0692744741

Blood Feather Awakens The Timebound Rebirth
ISBN-10: 0692734082 ISBN-13: 978-0692734087

Lucifer's Angel The Church of Satan
ISBN-10: 0692733280 ISBN-13: 978-0692733288

In The Depths (DeSai Trilogy Book 1)
ISBN-10: 0692721932 ISBN-13: 978-0692721933

Witches Immortal (DeSai Trilogy Book 2)
ISBN-10: 0692722165 ISBN-13: 978-0692722169

Lucien's Reign (DeSai Trilogy Book 3)
ISBN-10: 069272219X ISBN-13: 978-0692722190

Living Legacy Among the Dead
ISBN-10: 0692517243 ISBN-13: 978-0692517246

Overtaken Captive States
ISBN-10: 0692489312 ISBN-13: 978-0692489314

ACERCA DEL AUTOR

Soy padre de dos hermosos niños, Jon y Kim. Son mi fuerza motivadora, mi faro en este vasto océano. Son el aire que respiro en esta vida; ellos son el oasis en este desierto de incertidumbre. Son mi mayor alegría en la vida, y mi prioridad número uno. Tengo una larga lista de aficiones, que atribujo a mis ganas de vivir. Me gusta rodearme de personas positivas que comparten los mismos intereses. Los valores de la familia, las artes, el aire libre, la naturaleza, y los viajes son prioridades en mi lista. Me gusta asistir a eventos culturales y artísticos porque creo que la autoexpresión dramática es la ventana al alma. Llevo mi corazón en la manga, todavía creo en la caballerosidad, y siempre trato a la gente como desearía que me tratasen a mí.

www.rwkclark.com